आनन्दमठ

बंकिमचन्द्र चट्टोपाध्याय

Paperback: 978-939131613-6

Printed by: Manipal Technologies Limited, Manipal

Sanage Publishing House LLP
Mumbai, India

sanagepublishing@gmail.com

बंकिमचन्द्र चट्टोपाध्याय (बंगाली:) (27 जून 1838 - 8 अप्रैल 1894) बंगाली के प्रख्यात उपन्यासकार, कवि, गद्यकार और पत्रकार थे। भारत के राष्ट्रीय गीत 'वन्दे मातरम्' उनकी ही रचना है जो भारतीय स्वतंत्रता संग्राम के काल में क्रान्तिकारियों का प्रेरणास्रोत बन गया था। रवीन्द्रनाथ ठाकुर के पूर्ववर्ती बांग्ला साहित्यकारों में उनका अन्यतम स्थान है।

आधुनिक युग में बंगला साहित्य का उत्थान उन्नीसवीं सदी के मध्य से शुरू हुआ। इसमें राजा राममोहन राय, ईश्वर चन्द्र विद्यासागर, प्यारीचाँद मित्र, माइकल मधुसुदन दत्त, बंकिम चन्द्र चट्टोपाध्याय, रवीन्द्रनाथ ठाकुर ने अग्रणी भूमिका निभायी। इसके पहले बंगाल के साहित्यकार बंगला की जगह संस्कृत या अंग्रेजी में लिखना पसन्द करते थे। बंगला साहित्य में जनमानस तक पैठ बनाने वालों मे शायद बंकिम चन्द्र चट्टोपाध्याय पहले साहित्यकार थे।

बंकिमचंद्र के उपन्यासों का भारत की लगभग सभी भाषाओं में अनुवाद किया गया। बांग्ला में सिर्फ बंकिम और शरतचन्द्र चट्टोपाध्याय को यह गौरव हासिल है कि उनकी रचनाएं हिन्दी सहित सभी भारतीय भाषाओं में आज भी चाव से पढ़ी जाती है।

बंकिमचंद्र चटर्जीः बांग्ला लेखकों के गुरु

बांग्ला के प्रख्यात कवि, निबंधकार एवं उपन्यासकार बंकिमचंद्र चटर्जी का जन्म बंगाल में परगना जिले के कांठलपाड़ा नामक ग्राम में 27 जून, 1838 को हुआ था। उनका परिवार सुखी, शिक्षित और संपन्न था। इनके पिता जादवचंद्र चटर्जी बंगाल में मिदनापुर के डिप्टी मजिस्ट्रेट थे, जबकि माता दुर्गा देवी धर्म-परायण और घरेलू महिला थीं। यद्यपि उनका बंगाली ब्राह्मण परिवार रूढ़िवादी परंपराओं में गहरी आस्था रखता था, तथापि शिक्षा के महत्त्व को भी वे भली-भांति स्वीकार करते थे।

बंकिमचंद्र की प्रारंभिक शिक्षा मिदनापुर के सरकारी स्कूल में हुई। पढ़ने और लिखने में उनकी बाल्यकाल से ही गहरी रुचि थी। उन्होंने स्कूल के दिनों में ही कविता लिखकर अपनी लेखन-प्रतिभा का परिचय दे दिया था।

बंकिमचंद्र की रुचि बाल्यकाल में अंग्रेजी भाषा से अधिक संस्कृत पढ़ने में थी। इस बारे में कहा जाता है कि एक बार किसी वाक्य का सही अंग्रेजी अनुवाद न कर पाने के कारण अंग्रेजी के अध्यापक ने उनकी पिटाई कर दी थी। यद्यपि वे एक प्रतिभाशाली छात्र थे, तथापि अंग्रेजी अध्यापक की पिटाई से अपमानित होकर अंग्रेजी के प्रति उन्हें कुछ चिढ़-सी हो गई थी। यहां यह भी ध्यान देने योग्य तथ्य है कि किसी भी अन्य भाषा के बजाय इनकी प्रथम प्रकाशित रचना **राजमोहन'स वाइफ** अंग्रेजी में ही लिखी गई थी।

स्कूली शिक्षा पूरी करने के बाद बंकिमचंद्र ने आगे की पढ़ाई के लिए हुगली के मोहसिन कॉलेज में प्रवेश लिया। इसके बाद इन्होंने प्रेसीडेंसी कॉलेज में अध्ययन किया। सन् 1857 में उन्होंने आर्ट्स विषय में प्रेसीडेंसी कॉलेज से स्नातक की फाइनल परीक्षा उत्तीर्ण की। प्रेसीडेंसी कॉलेज से स्नातक की उपाधि लेने वाले वे प्रथम भारतीय थे।

सन् 1869 में बंकिमचंद्र ने कानून की डिग्री हासिल की। इन्हें शीघ्र ही सरकारी नौकरी मिल गई और इनकी डिप्टी मजिस्ट्रेट के पद पर नियुक्ति हुई। बंकिमचंद्र का प्रथम विवाह मात्र 11 वर्ष की आयु में हो गया था। जिस कन्या से इनका विवाह हुआ था, उस समय उनकी आयु मात्र 5 वर्ष थी। विवाह के 11 वर्ष के पश्चात् उनकी पत्नी का देहावसान हो गया था। इसके बाद लगभग 22

वर्ष की आयु में राजलक्ष्मी देवी से उनका दूसरा विवाह हुआ। राजलक्ष्मी देवी ने 3 पुत्रियों को जन्म दिया।

बंकिमचंद्र सन् 1857 के प्रथम स्वतंत्रता संग्राम के प्रत्यक्ष साक्षी थे। इस संग्राम के बाद भारत की शासन प्रणाली पूर्णतया बदल गई थी। ईस्ट इंडिया कंपनी की करारी हार के पश्चात् भारत के शासन प्रबंध की कमान ब्रिटेन की महारानी विक्टोरिया ने संभाल ली थी। इस परिवर्तन को बंकिमचंद्र तटस्थ होकर देख रहे थे, ऐसा नहीं था। वे इन परिस्थितियों पर गहन विचार-मंथन कर रहे थे।

राष्ट्र और समाज के प्रति बंकिमचंद्र की गहन आस्था थी, जो इनकी रचनाओं में मुखर रूप से प्रकट होती है। सरकारी नौकरी करने के साथ ही वे लेखन-कार्य को भी भरपूर समय देते थे। उन्होंने सबसे पहले ईश्वरचंद्र गुप्ता के साथ प्रकाशन का कार्य आरंभ किया था। वे इनके साप्ताहिक समाचार-पत्र **'संगबा प्रभाकर'** के लिए लेख लिखा करते थे। लेखन के आरंभिक दौर में उन्होंने एक उपन्यास की रचना भी की थी, किंतु वे प्रतियोगिता जीतने में सफल नहीं हो पाए। इसी कारण वह उपन्यास भी कभी प्रकाशित न हो सका।

बंकिमचंद्र की प्रथम बांग्ला कृति **'दुर्गेशनंदिनी'** मार्च, 1865 में प्रकाशित हुई। यह एक प्रेमकथा पर आधारित रचना थी जिसकी सर्वत्र सराहना की गई। इसके बाद **'कपालकुंडला'** (1866), **'मृणालिनी'** (1869), **'विषवृक्ष'** (1873), **'इंदिरा'** (1873, पुनर्संशोधन-1893), **'युगलांगुरीय'** (1874), **'राधारानी'** (1876, पुनर्संशोधन-1893), **'चंद्रशेखर'** (1877), **'रजनी'** (1877), **'राजसिम्हा'** (1882), **'आनंदमठ'** (1882), **'देवी चौधरानी'** (1884) और **'सीताराम'** (मार्च, 1887) आदि रचनाएं प्रकाशित हुईं।

बंकिमचंद्र ने प्रबंध ग्रंथों की भी रचना की। उनके द्वारा रचित प्रबंध ग्रंथों में **'कमलकांतेर दप्तर'** (1875), **'कृष्णकांतेर उइल'** (1878), **'कृष्णाचरित्र'** (1886) और **'धर्मतत्त्व'** (1888) आदि प्रमुख हैं। उन्होंने विभिन्न विषयों पर सारगर्भित निबंधों की रचना भी की। उनके निबंधों का संग्रह विभिन्न प्रमुख शीर्षकों में किया गया। इनमें **'लोक रहस्य'** (1874, पुनर्संशोधन-1888), **'विज्ञान रहस्य'** (1875), **'विचित्र प्रबंध'** (भाग-1, 1876 और भाग-2, 1892) और **'साम्य'** (1879) आदि प्रमुख हैं। लेखन-काल के आरंभिक दौर में ही उनकी कविताओं का एक संग्रह **'ललित' ओ मानस** शीर्षक से सन् 1858 में प्रकाशित हुआ था।

बंकिमचंद्र को उनके उपन्यास **'कपालकुंडला'** से न केवल लोकप्रियता ही मिली, बल्कि इसने उन्हें एक उपन्यासकार के रूप में स्थापित भी कर दिया। **'मृणालिनी'** उनका एक अलग ही प्रकार का ऐतिहासिक संदर्भ पर आधारित

उपन्यास था। उन्होंने सन् 1872 में मासिक साहित्यिक पत्रिका '**बंगदर्शन**' का प्रकाशन आरंभ किया। यह पत्रिका 4 वर्ष तक प्रकाशित हुई।

ब्रिटिश सरकार में अधिकारी पद पर नौकरी करते हुए भी वे अंग्रेज शासकों पर तंज कसने से न चूकते थे। 'कृष्णकांतेर उइल' में उन्होंने अंग्रेज शासकों पर तीखा व्यंग्य किया। इस उपन्यास के आधार पर कमल घोष के निर्देशन और एस. मुखर्जी के प्रोडक्शन में सन् 1953 में '**रोहिणी**' नामक फिल्म का तमिल भाषा में निर्माण किया गया। उनका उपन्यास 'आनंदमठ' अत्यंत लोकप्रिय माना जाता है। इसमें सन् 1773 के उत्तर बंगाल में उभरे संन्यासी विद्रोह का औपन्यासिक शैली में वर्णन किया गया है। भारत का राष्ट्रीय गीत 'वंदेमातरम्' इसी उपन्यास से उद्धृत किया गया है। इस उपन्यास के आधार पर सन् 1952 में निर्देशक हीमेन गुप्ता ने एक लोकप्रिय फिल्म बनाई।

बंकिमचंद्र के निबंधों में गंभीर विचारशीलता के सहज ही दर्शन हो जाते हैं। एक निबंध में प्रेम के साथ ही अत्याचार के विरोधाभास को वे कितने सहज भाव से प्रकट करते हैं, वह निम्नलिखित उदाहरण से स्पष्ट होता है–

"लोगों की धारणा है कि केवल शत्रु अथवा स्नेह-दया-ममता से शून्य व्यक्ति ही हमारे ऊपर अत्याचार करते हैं, किंतु इनकी अपेक्षा एक और श्रेणी के गुरुतर अत्याचारी हैं। उनकी ओर हमारा ध्यान हर समय नहीं जाता। जो प्रेम करता है, वही अत्याचार करता है। प्रेम करने से ही अत्याचार करने का अधिकार प्राप्त हो जाता है। अगर मैं तुम्हें प्रेम करता हूं, तो तुमको मेरा मतावलंबी होना ही पड़ेगा, मेरा अनुरोध रखना पड़ेगा। तुम्हारा इष्ट हो या अनिष्ट, मेरा मतावलंबी होना ही पड़ेगा। हां, यह तो स्वीकार करना पड़ेगा कि जो प्रेम करता है, वह तुम्हें जान-बूझकर ऐसे काम करने के लिए नहीं कहेगा, जिनसे तुम्हारा अमंगल होता हो, लेकिन कौन-सा काम मंगलकारी है और कौन-सा अमंगलकारी, इसकी मीमांसा कठिन है। कई बार दो लोगों का मत एक जैसा नहीं होता है। इस तरह की स्थिति में जो कार्य करते हैं और उसके फलभोगी हैं, उनका यह संपूर्ण अधिकार है कि वे अपने मत के अनुसार ही कार्य करें...।"

एक सामाजिक व्यक्ति को अपने कार्य संपन्न करते हुए किस प्रकार व्यवहार करना चाहिए कि वह स्वेच्छाचार की श्रेणी में न आए–इसका विश्लेषण करते हुए बंकिमचंद्र लिखते हैं–

"समाज में सभी को यह अधिकार है कि अपने सभी कार्यों को अपनी इच्छा और मत के अनुसार संपन्न करें–बस ऐसा करते हुए दूसरे का अनिष्ट न होने

दे। दूसरे का अनिष्ट होने पर वह स्वेच्छाचार कहलाएगा, दूसरे का अनिष्ट न होने पर वह स्वकर्म या स्वधर्म माना जाएगा। जो इस स्वकर्म या स्वधर्म में विघ्न डालता है और जहां किसी के स्वधर्म से दूसरे का अनिष्ट नहीं होता है, वहां भी अपने मत को प्रबल कर किसी से उसकी इच्छा के विरुद्ध कार्य कराता है, वही अत्याचारी है। राजा, समाज और प्रणयी–ये तीन इसी तरह का अत्याचार करते रहते हैं...इस अत्याचार में प्रवृत्त होने वाले अत्याचारी अनेक हैं। पिता, माता, भ्राता, भगिनी, पुत्र, कन्या, भार्या, स्वामी, आत्मीय, कुटुंब, सहृद, भृत्य आदि जो भी प्रेम करता है, वही कुछ-न-कुछ अत्याचार करता है और अनिष्ट करता है।"

सुप्रसिद्ध बांग्ला साहित्यकार रवींद्रनाथ टैगोर बंकिमचंद्र चटर्जी की साहित्यिक मासिक पत्रिका '**बंगदर्शन**' में लिखते हुए ही साहित्य के क्षेत्र में आए थे। इसी कारण टैगोर बंकिमचंद्र को अपना साहित्यिक गुरु मानते थे। उनका बंकिमचंद्र के बारे में कहना था कि बंकिम बांग्ला लेखकों के गुरु और बांग्ला पाठकों के मित्र हैं।

सरकारी नौकरी का गुरुतर भार वहन करते और बांग्ला साहित्य की सेवा का महत्त्वपूर्ण कार्य आगे बढ़ाते हुए बंकिमचंद्र सन् 18[illegible] में सरकारी नौकरी से रिटायर हुए। उन्होंने '**रायबहादुर**' और '**सी.आई.ई.**' की सम्मानजनक उपाधियां भी प्राप्त कीं। 8 अप्रैल, 1894 को साहित्य और समाज का यह विद्वान प्रणेता इस असार संसार विदा हो गया।

अनुक्रमणिका

प्रथम खंड

“वंदे मातरम्!
सुजलां सुफलां मलयजशीतलाम्
शस्यश्यामलां मातरम्...।
शुभ्र ज्योत्स्ना-पुलकित यामिनीम्
फुल्लकुसुमित द्रुमदल शोभिनीम्
सुहासिनीं सुमधुरभाषिणीम्
सुखदां, वरदां मातरम्।।
वंदे मातरम्!”

1

बहुत विस्तृत जंगल है। इस जंगल में अधिकांश वृक्ष शाल के हैं। इसके अतिरिक्त और भी अनेक प्रकार के वृक्ष हैं। फुनगी-फुनगी, पत्ती-पत्ती से मिले हुए वृक्षों की अनंत श्रेणी दूर तक चली गई है। घने झुरमुट के कारण आलोक के प्रवेश का प्रत्येक मार्ग बंद है। इस तरह पल्लवों का आनंद समुद्र कोस-दर-कोस सैकड़ों-हजारों कोस में फैला हुआ है। वायु भी तेज झोंकों से बह रही है। नीचे घना अंधेरा है—मध्याह्न के समय भी प्रकाश नहीं आता—भयानक दृश्य! उस जंगल के भीतर मनुष्य प्रवेश तक नहीं कर सकते, केवल पत्तों की मर्मर ध्वनि और पशु-पक्षियों की आवाज के अतिरिक्त वहां और कुछ भी नहीं सुनाई पड़ता।

एक तो यह अति विस्तृत, अगम्य, अंधकारमय जंगल, उस पर रात्रि का समय! आधी रात का समय है, रात का भयावह अंधेरा छाया हुआ है। जंगल

के बाहर भी अंधेरा छाया हुआ है, कुछ दिखाई नहीं देता। जंगल के अंदर कुहासे की तरह भयानक अंधेरा घिरा है।

पशु-पक्षी सब निस्तब्ध हैं। कितने ही लक्ष-लक्ष, कोटि-कोटि पशु-पक्षी, कीट-पतंगे उस जंगल में रहते हैं, लेकिन कोई चूं तक नहीं बोलता है। शब्दमयी पृथ्वी की निस्तब्धता का अनुमान किया नहीं जा सकता; लेकिन उस अनंत शून्य जंगल के सूची-भेद्य अंधकार का अनुभव किया जा सकता है। सहसा इस रात के समय की भयानक निस्तब्धता को भेदकर ध्वनि आई–''मेरा मनोरथ क्या सिद्ध न होगा!''

इस तरह तीन बार वह निस्तब्ध अंधकार अलोड़ित हुआ–''तुम्हारा क्या प्रण है?''

उत्तर मिला–''मेरा प्रण ही जीवन-सर्वस्व है?''

प्रति शब्द हुआ–''जीवन तो तुच्छ है, सब इसका त्याग कर सकते हैं!''

''तब और क्या है...और क्या होना चाहिए?''

उत्तर मिला–''भक्ति!''

बांग्ला सन् 1176 के गरमी के महीने में एक दिन, पदचिह्न नामक एक गांव में बड़ी भयानक गरमी थी। गांव घरों से भरा हुआ था, लेकिन मनुष्य दिखाई नहीं देते थे। बाजार में कतार-पर-कतार दुकानें, विस्तृत बाजार में लंबी-चौड़ी सड़कें, गलियों में सैकड़ों मिट्टी के पवित्र गृह, बीच-बीच में ऊंची-नीची अट्टालिकाएं थीं। आज सब नीरव है। दुकानदार कहां भागे हुए हैं, कोई पता नहीं। बाजार का दिन है, लेकिन बाजार लगा नहीं है, शून्य है। भिक्षा का दिन है, लेकिन भिक्षुक बाहर दिखाई नहीं पड़ते। जुलाहे अपने करघे बंद कर घर में पड़े रो रहे हैं। व्यवसायी अपना रोजगार भूलकर बच्चों को गोद में लेकर विह्वल है। दाताओं ने दान बंद कर दिया है। अध्यापकों ने पाठशाला बंद कर दी है, शायद बच्चे भी साहसपूर्वक रोते नहीं हैं।

राजपथ पर भीड़ नहीं दिखाई देती, सरोवर पर स्नानार्थियों की भीड़ नहीं है, गृह-द्वार पर मनुष्य दिखाई नहीं पड़ते हैं, वृक्षों पर पक्षी दिखाई नहीं पड़ते, चरने वाली गायों के दर्शन नहीं मिलते हैं, केवल श्मशान में सियार और कुत्ते हैं। एक बहुत बड़ी अट्टालिका है। उसकी ऊंची चहारदीवारी और गगनचुंबी गुंबद दूर से दिखाई पड़ते हैं। वह अट्टालिका उस गृह-जंगल में शैल शिखर-सी दिखाई पड़ती है।

उसकी शोभा का क्या कहना है! लेकिन उसके दरवाजे बंद हैं। गृह मनुष्य-समागम से शून्य है, वायु-प्रवेश में भी असुविधा है। उस घर के अंदर दिन-दोपहर के समय अंधेरा है। अंधकार में एक कमरे में मुरझाए हुए दो पुष्पों की तरह एक दंपती बैठे हुए चिंतामग्न हैं। उनके सामने अकाल का भीषण रूप है।

सन् 1174 में फसल अच्छी नहीं हुई, अतः सन् 1175 में अकाल आ पड़ा। भारतवासियों पर संकट आया, लेकिन इस पर भी शासकों ने पैसा-पैसा, कौड़ी-कौड़ी वसूल कर ली। दरिद्र जनता ने कौड़ी-कौड़ी करके मालगुजारी अदा कर दिन में एक ही बार भोजन किया।

बांग्ला सन् 1175 की बरसात में अच्छी वर्षा हुई। लोगों ने समझा कि शायद देवता प्रसन्न हुए। आनंद में फिर नट-मंदिरों में गाना-बजाना शुरू हुआ। किसान की स्त्री ने अपने पति से चांदी के पाजेब के लिए फिर तकादा शुरू किया, लेकिन अकस्मात् आश्विन मास में फिर देवता विमुख हो गए। क्वार-कार्तिक में एक बूंद भी बरसात न हुई। खेतों में धान के पौधे सूखकर खंखड़ हो गए। जिसके दो-एक बीघे में धान हुआ भी तो राजा ने अपनी सेना के लिए उसे खरीद लिया, जनता भोजन पा न सकी। पहले एक संध्या को उपवास हुआ, फिर एक समय भी आधा पेट भोजन न मिल सका, इसके बाद दो-दो संध्या उपवास होने लगा। चैत में जो कुछ फसल हुई, वह किसी के एक ग्रास-भर को भी न हुई, लेकिन मालगुजारी के अफसर मुहम्मद रजा खां ने मन में सोचा कि यही समय है, मेरे तपने का। एकदम उसने दस प्रतिशत मालगुजारी बढ़ा दी। बंगाल में घर-घर कोहराम मच गया।

पहले लोगों ने भीख मांगना शुरू किया, कौन भिक्षा देता है? इसके बाद उपवास शुरू हो गया, फिर जनता रोगाक्रांत होने लगी। गौ, बैल, हल बेचे गए, बीज के लिए संचित अन्न खा गए, घर-बाड़ी बेचा, खेती-बारी बेची। इसके बाद लोगों ने लड़कियां बेचना शुरू किया, फिर लड़के बेचे जाने लगे। इसके बाद गृहलक्ष्मियों का विक्रय प्रारंभ हुआ, लेकिन लड़की, लड़के औरतें कौन खरीदता? बेचना सब चाहते थे, लेकिन खरीददार कोई नहीं। खाद्य के अभाव में लोग पेड़ों के पत्ते खाने लगे, घास खाना शुरू किया, नरम टहनियां खाने लगे। छोटी जाति की जनता और जंगली लोग कुत्ते, बिल्ली, चूहे खाने लगे। बहुतेरे लोग भागे, वे लोग विदेश में जाकर अनाहार से मरे। जो नहीं भागे, वे अखाद्य खाकर, उपवास और रोग से जर्जर होकर मरने लगे।

रोग को भी अवसर मिला—ज्वर, हैजा, क्षय, चेचक फैल गया। विशेषत: चेचक का बड़ा प्रसार हुआ। घर-घर लोग महामारी से मरने लगे। कौन किसे जल देता है—कौन किसे छूता? कोई किसी की चिकित्सा नहीं करता, कोई किसी को नहीं देखता था। मर जाने पर शव कोई उठाकर फेंकता नहीं था। अति रमणीय गृह-स्थान आप ही सड़कर बदबू करने लगे। जिस घर में एक बार चेचक हुआ, रोगी को छोड़कर घरवाले भाग गए।

महेंद्र सिंह पदचिह्न के बड़े धनी व्यक्ति है, लेकिन आज धनी-गरीब सब बराबर हैं। इस दु:खद अकाल के समय रोगी होकर उसके आत्मीय-स्वजन, दासी-दास सभी चले गए हैं। कोई मर गया, कोई भाग गया। उस बृहत् परिवार में उनकी स्त्री, वे और गोद में एक शिशु कन्या-मात्र रह गई हैं। इन्हीं लोगों की बात कह रहा हूं।

उनकी भार्या कल्याणी ने चिंता छोड़कर गोशाला में जाकर गाय दुही। इसके बाद दूध गरम कर कन्या को पिलाया और गऊ को घास खाने के लिए डाल दी। वह लौटकर जब आई तो महेंद्र ने कहा—"इस तरह कितने दिन चलेगा?"

कल्याणी बोली—"ज्यादा दिन नहीं! जितने दिन चले, जितने दिन मैं चला पाती हूं, चला रही हूं। इसके बाद तुम लड़की को लेकर शहर चले जाना।"

महेंद्र—अगर शहर ही चलना है तो तुम्हें ही इतनी तकलीफ क्यों दी जाए? चलो न, अभी चलें!

इसके बाद दोनों के बीच अनेक तर्क-वितर्क हुए।

कल्याणी—शहर में जाने से क्या विशेष उपकार होगा?

महेंद्र—वह स्थान भी शायद ऐसे ही जन-शून्य, प्राणरक्षा के उपाय से रहित है।

कल्याणी—मुर्शिदाबाद, कासिम बाजार या कलकत्ता जाने से प्राणरक्षा हो सकेगी। इस स्थान को तो त्याग देना हर तरह से उचित है?

महेंद्र ने कहा—"यह घर बहुत दिनों से वंशानुक्रम से संचित धन से परिपूर्ण है, इन्हें तो चोर लूट ले जाएंगे।"

कल्याणी—यदि वे लोग लूटने के लिए आएं तो क्या हम दो जन रक्षा कर सकते हैं? प्राण ही न रहे तो धन कौन भोगेगा? चलो, अभी से ही सब बंद-संद करके चलें। अगर जिंदा रह गए तो फिर आकर भोग करेंगे।

महेंद्र ने पूछा—"क्या तुम राह चल सकोगी? कहार सब मर ही गए हैं। बैल हैं तो गाड़ी नहीं है और गाड़ी है तो बैल नहीं हैं।"

कल्याणी—तुम चिंता न करो, मैं पैदल चलूंगी।

कल्याणी ने मन-ही-मन निश्चय किया—न होगा, राह में मरकर गिर पड़ूंगी; ये दोनों जन तो बचे रहेंगे। दूसरे दिन सवेरे, साथ में कुछ धन लेकर घर-द्वार में ताला बंद कर, गायों को मुक्त कर और कन्या को गोद में लेकर दोनों जन राजधानी के लिए चल पड़े। यात्रा के समय महेंद्र ने कहा—"राह बड़ी भयानक है। कदम-कदम पर डाकू और लुटेरे छिपे हैं; खाली हाथ जाना उचित नहीं है।" यह कहकर महेंद्र ने फिर घर में वापस जाकर बंदूक, गोली बारूद साथ में ले लिया।

यह देखकर कल्याणी ने कहा— "अगर अस्त्र की बात याद की है तो जरा लड़की को गोद में संभाल लो, मैं भी हथियार ले लू।" यह कहकर कल्याणी ने लड़की महेंद्र की गोद में देकर घर के भीतर प्रवेश किया।

महेंद्र ने पूछा—"तुम कौन-सा हथियार लोगी।"

कल्याणी ने घर में जाकर विष की एक डिबिया ली और अपने कपड़ों के अंदर छिपा ली।

जेठ का महीना है। भयानक गरमी से पृथ्वी अग्निमय हो रही है। हवा में आग की लपट दौड़ रही है। आकाश गरम तवे की तरह जल रहा है। राह की धूल आग की चिंगारी बन गई है। कल्याणी के शरीर से पसीने की धार बहने लगी; कभी पीपल के नीचे, कभी बड़ के नीचे, कभी खजूर के नीचे छाया देखकर तिलमिलाती हुई बैठ जाती है। सूखे हुए तालाबों का कीचड़ से सना मैला जल पीकर वे लोग राह चलने लगे। लड़की महेंद्र की गोद में है—समय-समय पर वे उसे पंखा कर देते हैं। कभी घने हरे पत्तों से दाएं, सुगंधित फूलों वाले वृक्ष से लिपटी हुई लता की छाया में दोनों जन बैठकर विश्राम करते हैं। महेंद्र ने कल्याणी को इतना सहनशील देखकर आश्चर्य किया। पास के ही एक जलाशय से वस्त्र को जल से तर कर महेंद्र ने उससे कन्या और पत्नी का जलता माथा और मुंह धोकर कुछ शांत किया। इससे कल्याणी कुछ आश्वस्त अवश्य हुई, लेकिन दोनों ही भूख से बड़े विह्वल हुए। वे लोग तो उसे भी सहने लगे, लेकिन बालिका की भूख-प्यास उनसे बर्दाश्त न हुई, अतः वहां अधिक देर न ठहरकर वे लोग फिर चल पड़े। उस आग के सागर को पार कर संध्या से पहले वे एक बस्ती में पहुंचे।

महेंद्र के मन में बड़ी आशा थी कि बस्ती में पहुंचकर वे अपनी पत्नी और कन्या को शीतल जल से तृप्त कर सकेंगे और प्राणरक्षा के निमित्त अपने मुंह में भी कुछ आहार डाल सकेंगे, लेकिन कहां? बस्ती में तो एक भी मनुष्य दिखाई नहीं पड़ता। बड़े-बड़े घर सूने पड़े हुए हैं, सारे आदमी वहां से भाग गए हैं। इधर-उधर

देखकर एक घर के भीतर महेंद्र ने स्त्री-कन्या को बैठा दिया। बाहर आकर उन्होंने जोर-जोर से पुकारना शुरू किया, लेकिन उन्हें कोई भी उत्तर सुनाई न पड़ा।

महेंद्र ने कल्याणी से कहा—"तुम जरा साहसपूर्वक अकेली रहो; देखूं शायद कहीं कोई गाय दिखाई दे जाए। भगवान श्रीकृष्ण दया कर दे तो दूध ले आएं।" यह कहकर महेंद्र एक मिट्टी का बरतन हाथ में लेकर निकल पड़े। बहुतेरे बरतन वहीं पड़े हुए थे।

महेंद्र चले गए। कल्याणी अकेली बालिका को लिये हुए लगभग जनशून्य स्थान में, घर के अंदर अंधकार में खड़ी चारों तरफ देखती रही। उसके मन में भय का संचार हो रहा था। कहीं कोई नहीं, मनुष्य-मात्र का कोई शब्द सुनाई नहीं पड़ता है, केवल कुत्तों और सियारों की आवाज सुनाई पड़ जाती है। सोचने लगी—'क्यों उन्हें जाने दिया? न होता, थोड़ी और भूख-प्यास बर्दाश्त करती।' फिर सोचा—'चारों तरफ के दरवाजे बंद कर दूं।' लेकिन एक भी दरवाजे में किवाड़ दिखाई न दिया।

सहसा कल्याणी को चारों तरफ देखते-देखते सामने के दरवाजे पर एक छाया दिखाई दी—मनुष्याकृति जैसा, कंकाल-मात्र और कोयले की तरह काला, नग्न, विकटाकार मनुष्य जैसा कोई आकार दरवाजे पर खड़ा था। कुछ देर बाद छाया ने मानो अपना एक हाथ उठाया और हाथों की लंबी सूखी उंगलियों से संकेत कर किसी को अपने पास बुलाया। कल्याणी के प्राण सूख गए। इसके बाद वैसी ही एक छाया और सूखी-काली, दीर्घाकार, नग्न—पहली छाया के पास आकर खड़ी हो गई। इसके बाद ही एक और एक और...इस तरह कितने ही पिशाच आकर घर के अंदर प्रवेश करने लगे। वहां का एकांत श्मशान की तरह भयंकर दिखाई देने लगा। वे सब प्रेत जैसी मूर्तियां कल्याणी और उसकी कन्या को घेरकर खड़ी हो गईं।

कल्याणी यह देखकर भय से मूर्च्छित हो गई। काले नरकंकालों जैसे पुरुष कल्याणी और उसकी कन्या को उठाकर बाहर निकले और बस्ती पार कर एक जंगल में घुस गए। पिशाच के रूप में ये छायाएं वन में वास करने वाले डाकू थे।

कुछ देर बाद महेंद्र हंडिया में दूध लिये हुए वहां आए। उन्होंने देखा कि वहां कोई नहीं है। इधर-उधर खोजा; पहले कन्या का नाम और फिर स्त्री का नाम लेकर जोर-जोर से पुकारने लगे, लेकिन न तो कोई उत्तर मिला और न कुछ पता ही लगा।

2

जिस वन में डाकू कल्याणी को लेकर घुसे, वह वन बड़ा ही मनोहर था। यहां रोशनी नहीं थी कि शोभा दिखाई दे, ऐसी आंखें भी नहीं थीं कि दरिद्र के हृदय के सौंदर्य की तरह उस वन का सौंदर्य भी देख सकें। देश में आहार द्रव्य रहे या न रहे—वन में फूल हैं; फूलों की सुगंध से मानो उस अंधकार में प्रकाश हो रहा है। बीच की साफ–सुकोमल और पुष्पावृत्त जमीन पर डाकुओं ने कल्याणी और उसकी कन्या को उतारा और सब उन्हें घेरकर बैठ गए। इसके बाद उन सब के बीच यह बहस चली कि इन लोगों का क्या किया जाए? कल्याणी के पास जो कुछ गहने थे, उन्हें डाकुओं ने पहले ही हस्तगत कर लिया था। एक दल उसके हिस्से-बखरे में व्यस्त हो गया।

गहनों के बंट जाने पर एक डाकू ने कहा–''हम लोग सोना-चांदी लेकर क्या करेंगे? एक गहना लेकर कोई मुझे भोजन दे, भूख से प्राण जाते हैं–आज सवेरे केवल पत्ते खाए हैं।''

एक के यह करने पर सभी इसी तरह हल्ला मचाने लगे–''भात दो, हम भूख से मर रहे हैं, सोना-चांदी नहीं चाहते।''

दलपति उन्हें शांत करने लगा, लेकिन कौन सुनता है; क्रमशः ऊंचे स्वर में बातें शुरू हुईं, फिर गाली-गलौच और फिर मार-पीट की भी तैयारी होने लगी। जिसे-जिसे हिस्से में गहने मिले थे, वे लोग अपने-अपने हिस्से के गहने खींच-खींचकर दलपति के शरीर पर मारने लगे। दलपति ने भी दो-एक को मारा। इस पर सब मिलकर आक्रमण कर दलपति पर आघात करने लगे। दलपति अनाहार के कारण कमजोर और अधमरा तो आप ही था, दो-चार आघात में ही गिरकर मर गया। उन भूखे, पीड़ित, उत्तेजित और दयाशून्य डाकुओं में से एक ने कहा–''सियार का मांस खा चुके हैं, भूख से प्राण जा रहे हैं–आओ भाई, आज इसी साले को खा ले।''

इस पर सबने मिलकर 'जयकाली' कहकर जयघोष किया–''जय काली! आज नर-मांस खाएंगे।'' यह कहकर वे सब नरकंकाल रूपधारी खिलखिलाकर हंस पड़े और तालियां बजाते हुए नाचने लगे।

एक दलपति के शरीर को भूनने के लिए आग जलाने का इंतजाम करने लगा। लता-डालियां और पत्ते संग्रह कर, उसने चकमक पत्थर द्वारा आग पैदा कर उसे धधकाया–धधककर आग जल उठी। आग की लपट के पास के आम, खजूर, पनस, नीबू आदि के वृक्षों के कोमल हरे पत्ते चमकने लगे। कहीं पत्ते जलने लगे, कहीं घास पर रोशनी से हरियाली हुई तो कही अंधेरा और गाढ़ा हो गया। आग जल जाने पर कुछ लोग दलपति के कंकाल को आग में फेंकने के लिए घसीटकर लाने लगे।

इसी समय एक बोल उठा-''ठहरो, ठहरो! अगर यह मांस ही खाकर आज भूख मिटानी है, तो इस सूखे नरकंकाल को न भूनकर, आओ इस कोमल लड़की को ही भूनकर खाया जाए।''

एक बोला-''जो हो, भैया! एक को भूनो! हम तो भूख से मर रहे हैं।'' इस पर सबने लोलुप दृष्टि से उधर देखा, जिधर अपनी कन्या को लिये हुए कल्याणी पड़ी थी। सबने देखा कि वह स्थान सूना था। वहां न कन्या थी और न माता ही। डाकुओं

के आपसी विवाद और मारपीट के समय सुयोग पाकर कल्याणी गोद में बच्ची को सीने से चिपकाए वन के भीतर भाग गई

शिकार को भागा देखकर वह प्रेत-दल मार-मार करता हुआ चारों तरफ उन्हें पकड़ने के लिए दौड़ पड़ा।

अवस्था विशेष में मनुष्य पशु-मात्र रह जाता है

जंगल के भीतर घनघोर अंधकार है। कल्याणी को उधर राह मिलना मुश्किल हो गया। वृक्ष-लताओं के झुरमुट के कारण एक तो राह कठिन, दूसरे रात का घना अंधेरा। कांटों से बिंधती हुई कल्याणी उन आदमखोरों से बचने के लिए भागी जा रही थी। बेचारी कोमल लड़की को भी कांटे लग रहे थे। अबोध बालिका गोद में चीख-चीखकर रोने लगी। उसका रुदन सुनकर दस्यु-दल और चीत्कार करने लगा, फिर भी कल्याणी पागलों की तरह जंगल में तीर की तरह घुसती हुई भागी जा रही थी।

थोड़ी ही देर में चंद्रोदय हुआ। अब तक कल्याणी के मन में भरोसा था कि अंधेरे में नर-पिशाच उसे देख न सकेंगे, कुछ देर परेशान होकर पीछा छोड़कर लौट जाएंगे, लेकिन अब चांद का प्रकाश फैलने से वह अधीर हो उठी। चंद्रमा नें आकाश में ऊंचे उठकर वन पर अपना रुपहला आवरण फैला दिया। जंगल का भीतरी हिस्सा अंधेरे में चांदनी से चमक उठा–अंधकार में भी एक तरह की उज्ज्वलता फैल गई। चांदनी वन के भीतर छिद्रों से घुसकर आंख-मिचौनी करने लगी।

चंद्रमा जैसे-जैसे ऊपर उठने लगा, वैसे-वैसे प्रकाश फैलने लगा। जंगल को अंधकार अपने में समेटने लगा। कल्याणी पुत्री को गोद में लिये हुए और गहन वन में जाकर छिपने लगी। उजाला पाकर दस्यु-दल और अधिक शोर मचाते हुए दौड़-धूप कर खोज करने लगा। कन्या भी शोर सुनकर और जोर से चिल्लाने लगी। अब कल्याणी भी थककर चूर हो गई थी। वह भागना छोड़कर वट वृक्ष के नीचे साफ जगह देखकर कोमल पत्तियों पर बैठ गई और भगवान को पुकारने लगी–"कहां हो तुम? जिनकी मैं नित्य पूजा करती थी, नित्य नमस्कार करती थी, जिनके एकमात्र भरोसे पर इस जंगल में घुसने का साहस कर सकी–कहां हो, हे मधुसूदन!"

इस समय भय और भक्ति की प्रगाढ़ता से, भूख-प्यास से और थकावट से कल्याणी धीरे अचेत होने लगी; लेकिन आंतरिक चैतन्य से उसने सुना, अंतरिक्ष में स्वर्गिक गीत सुनाई पड़ रहा है–

"हरे मुरारे! मधुकैटभारे!
गोपाल, गोविंद मुकुंद प्यारे!
हरे मुरारे, मधुकैटभारे!"

कल्याणी बचपन से पुराणों का वर्णन सुनती आई थी कि देवर्षि नारद हाथों में वीणा लिये हुए आकाश पथ से भुवन-भ्रमण किया करते हैं—उसके हृदय में वही कल्पना जाग्रत होने लगी। वह मन-ही-मन देखने लगी—शुभ्र शरीर, शुभ्रवेश, शुभ्रकेश, शुभ्रवसन महामति महामुनि वीणा लिये हुए, चांदनी से चमकते आकाश की राह पर गाते आ रहे हैं—

"हरे मुरारे! मधुकैटभारे!"

क्रमश: गीत निकट आता हुआ और भी स्पष्ट सुनाई पड़ने लगा—

"हरे मुरारे! मधुकैटभारे!"

क्रमश: और भी निकट और भी स्पष्ट—

"हरे मुरारे! मधुकैटभारे!"

अंत में कल्याणी के मस्तक पर, वनस्थली में प्रतिध्वनित होता हुआ गीत पूर्णतया स्पष्ट होने लगा—

"हरे मुरारे! मधुकैटभारे!"

कल्याणी ने अपनी आंखें खोलीं। धुंधले अंधेरे की चांदनी में उसने देखा—सामने वही शुभ्र शरीर, शुभ्रवेश, शुभ्रकेश, शुभ्रवसन ऋषिमूर्ति खड़ी है। विकृत मस्तिष्क और अर्धचेतन अवस्था में कल्याणी ने मन में सोचा—प्रणाम करूं, लेकिन सिर झुकाने से पहले ही वह फिर अचेत हो गई और गिर पड़ी।

इसी वन में एक बहुत विस्तृत भूमि पर ठोस पत्थरों से निर्मित एक बहुत बड़ा मठ है। पुरातत्त्ववेत्ता उसे देखकर कह सकते हैं कि पूर्वकाल में यह बौद्धों का विहार था—इसके बाद हिंदुओं का मठ हो गया है। दो खंडों में अट्टालिकाएं बनी हैं, उसमें अनेक देव-मंदिर और सामने नाट्यमंदिर है।

वह समूचा मठ चहारदीवारी से घिरा हुआ है और बाहरी हिस्सा ऊंचे-ऊंचे सघन वृक्षों से इस तरह आच्छादित है कि दिन में समीप जाकर भी कोई यह नहीं जान सकता कि यहां इतना बड़ा मठ है। यों तो प्राचीन होने के कारण मठ की दीवारें अनेक स्थानों से टूट-फूट गई हैं, लेकिन दिन में देखने से साफ पता लगेगा कि

अभी हाल ही में उसे बनाया गया है देखने से तो यही जान पड़ेगा कि इस दुर्भेद्य वन के अंदर कोई मनुष्य न रहता होगा। उस अट्टालिका की एक कोठरी में लकड़ी का बहुत बड़ा कुंदा जल रहा था।

कल्याणी ने आंख खुलने पर देखा कि सामने ही वह ऋषि महात्मा बैठे हैं। कल्याणी बड़े आश्चर्य से चारों तरफ देखने लगी। अभी उसकी स्मृति पूरी तरह जागी न थी। यह देखकर महापुरुष ने कहा—"बेटी! यह देवताओं का मंदिर है, डरना नहीं। थोड़ा दूध है, उसे पियो; फिर तुमसे बातें होंगी।"

पहले तो कल्याणी कुछ समझ न सकी, लेकिन धीरे-धीरे उसके हृदय में जब धीरज हुआ तो उसने उठकर अपने गले में आंचल डालकर और जमीन से मस्तक लगाकर प्रणाम किया।

महात्माजी ने सुमंगल आशीर्वाद देकर दूसरे कमरे से एक सुगंधित मिट्टी का बरतन लाकर उसमें दूध गरम किया। दूध के गरम हो जाने पर उसे कल्याणी को देकर बोले—"बेटी! दूध कन्या को भी पिलाओ और स्वयं भी पियो—उसके बाद बातें करना।"

कल्याणी संतुष्ट हृदय से कन्या को दूध पिलाने लगी। इसके बाद उस महात्मा ने कहा—"मैं जब तक न आऊं कोई चिंता न करना।" यह कहकर वे कमरे से बाहर चले गए। कुछ देर बाद उन्होंने लौटकर देखा कि कल्याणी ने कन्या को तो दूध पिला दिया है, लेकिन स्वयं कुछ नहीं पिया। जो दूध रखा हुआ था, उसमें से बहुत थोड़ा खर्च हुआ था। इस पर महात्मा ने कहा—"बेटी! तुमने दूध नहीं पिया? मैं फिर बाहर जाता हूं; जब तक तुम दूध न पियोगी, मैं वापस न आऊंगा।"

वह ऋषितुल्य महात्मा यह कहकर बाहर जा ही रहे थे; इसी समय कल्याणी फिर प्रणाम कर हाथ जोड़कर खड़ी हो गई।

महात्मा ने पूछा—"क्या कहना चाहती हो?"

कल्याणी ने हाथ जोड़े हुए कहा—"मुझे दूध पीने की आज्ञा न दें। उसमें एक बाधा है, मैं पी न सकूंगी।"

इस पर महात्मा ने दुःखी हृदय से कहा—"क्या बाधा है? मैं ब्रह्मचारी हूं, तुम मेरी कन्या के समान हो। ऐसी कौन बात हो सकती है, जो मुझसे कह न सको? मैं जब तुम्हें वन से उठाकर यहां ले आया, तो तुम अत्यंत भूख-प्यास से अवसन्न थी, तुम यदि दूध न पिओगी तो कैसे बचोगी?"

इस पर कल्याणी ने भरी आंखें और भरे गले से कहा—"आप देवता हैं, आपसे

अवश्य निवेदन करूंगी–अभी तक मेरे स्वामी ने कुछ नहीं खाया है, उनसे मुलाकात हुए बिना या संवाद मिले बिना मैं भोजन न कर सकूंगी। मैं कैसे खाऊंगी... ?''

ब्रह्मचारी ने पूछा–''तुम्हारे पतिदेव कहां हैं ?''

कल्याणी बोली–''यह मुझे मालूम नहीं–दूध की खोज में उनके बाहर निकलने पर ही डाकू मुझे उठाकर वन में ले आए थे।''

इस पर ब्रह्मचारी ने एक-एक बात पूछकर कल्याणी से उसके पति का सारा हाल मालूम कर लिया।

कल्याणी ने पति का नाम नहीं बताया, बता भी नहीं सकती थी, किंतु अन्य कई संकेतों के आधार पर ब्रह्मचारी समझ गए। उन्होंने पूछा–''तुम्हीं महेंद्र की पत्नी हो ?'' इसका कोई उत्तर न देकर कल्याणी सिर झुकाकर, जलती हुई आग में लकड़ी लगाने लगी।

ब्रह्मचारी ने समझकर कहा–''तुम मेरी बात मानो, मैं तुम्हारे पति की खोज करता हूं, लेकिन जब तक दूध न पिओगी, मैं न जाऊंगा ?''

कल्याणी पूछा–''यहां थोड़ा जल मिलेगा ?''

ब्रह्मचारी ने जल का कलश दिखा दिया।

कल्याणी ने अंजलि रोपी, तो ब्रह्मचारी ने जल डाल दिया।

कल्याणी ने उस जल की अंजलि को महात्मा के चरणों के पास ले जाकर कहा–''इसमें कृपा कर पदरेणु दे दे।'' महात्मा के अंगूठे द्वारा छू देने पर कल्याणी ने उसे पीकर कहा–''मैंने अमृतपान कर लिया है। अब और कुछ खाने-पीने को न कहिए। जब तक पतिदेव का पता न लगेगा मैं कुछ न खाऊंगी।''

इस पर ब्रह्मचारी ने संतुष्ट होकर कहा–''तुम इसी देवस्थान में रहो। मैं तुम्हारे पति की खोज में जाता हूं।''

3

रात काफी बीत चुकी है। चंद्रमा माथे के ऊपर है पूर्ण चंद्र नहीं है, इसलिए चांदनी भी चटकीली नहीं, फीकी है। जंगल के बहुत बड़े हिस्से पर अंधकार में धुंधली रोशनी पड़ रही है। इस प्रकाश में मठ के इस पार से दूसरा किनारा दिखाई नहीं पड़ता। मठ मानो एकदम जनशून्य है—देखने से यही मालूम होता है। इस मठ के समीप से मुर्शिदाबाद और कलकत्ता को राह जाती है। राह के किनारे ही एक छोटी पहाड़ी है, जिस पर आम के अनेक पेड़ हैं। वृक्षों की चोटी चांदनी से चमकती हुई कांप रही है और वृक्षों के नीचे पत्थर पर पड़ने वाली छाया भी कांप रही है।

ब्रह्मचारी उसी पहाड़ी के शिखर पर चढ़कर न जाने क्या सुनने लगे। नहीं कहा जा सकता कि वे क्या सुन रहे थे। इस अनंत जंगल में पूर्ण शांति थी—कहीं ऐसे ही पत्तों की मर्मर ध्वनि सुनाई पड़ जाती थी। पहाड़ी की तराई में एक जगह भयानक जंगल है। ऊपर पहाड़ी नीचे जंगल और बीच में

वह राह है। नहीं कह सकते कि उधर कैसी आवाज हुई जिसे सुनकर ब्रह्मचारी उसी ओर चल पड़े। उन्होंने भयानक जंगल में प्रवेश कर देखा कि वहां एक घने स्थान में वृक्षों की छाया में बहुत से आदमी बैठे हुए हैं। वे सब मनुष्य लंबे, काले, और सशस्त्र थे। पेड़ों की छाया को भेदकर आने वाली चांदनी उनके शस्त्रों को चमका रही थी। ऐसे ही दो सौ आदमी बैठे हैं और सब शांत व चुप हैं।

ब्रह्मचारी उनके बीच में जाकर खड़े हो गए। उन्होंने कुछ इशारा कर दिया, जिससे कोई भी उठकर खड़ा न हुआ। इसके बाद वे तपस्वी महात्मा एक तरफ से लोगों का चेहरा गौर से देखते हुए आगे बढ़ने लगे, जैसे किसी को खोजते हों। खोजते-खोजते अंत में वह पुरुष मिला और ब्रह्मचारी द्वारा उसका अंग स्पर्श कर इशारा करते ही वह उठ खड़ा हुआ। ब्रह्मचारी उसे साथ लेकर दूर आड़ में चले गए। वह पुरुष युवक और बलिष्ठ था। लंबे घुंघराले बाल कंधों पर लहरा रहे थे। पुरुष अतीव सुंदर था। गैरिक वस्त्रधारी तथा चंदनचर्चित अंगवाले ब्रह्मचारी ने उस पुरुष से कहा–''भवानंद! महेंद्र सिंह की कुछ खबर मिली है?''

इस पर भवानंद ने कहा–''आज सवेरे महेंद्र सिंह अपनी पत्नी और कन्या के साथ गृह त्यागकर बाहर निकले हैं–बस्ती में...।'' इतना सुनते ही ब्रह्मचारी ने बात काटकर कहा–''बस्ती में जो घटना हुई है, मैं जानता हूं। किसने ऐसा किया?''

भवानंद–गांव के ही किसान लोग थे। इस समय तो गांवों के किसान भी पेट की ज्वाला शांत करने के लिए डाकू हो गए हैं। आजकल कौन डाकू नहीं है? हम लोगों ने भी आज लूट की है–दरोगा साहब के लिए दो मन चावल जा रहा था, छीनकर वैष्णवों को भोग लगा दिया है।''

ब्रह्मचारी ने कहा–''डाकुओं के हाथ से तो हमने स्त्री-कन्या का उद्धार कर लिया है। इस समय उन्हें मठ में बैठा आया हूं। अब यह भार तुम्हारे ऊपर है कि महेंद्र को खोजकर उनकी स्त्री-कन्या उनके हवाले कर दो। यहां जीवानंद के रहने से काम हो जाएगा।''

भवानंद ने स्वीकार कर लिया, तो ब्रह्मचारी दूसरी जगह चले गए।

बस्ती में बैठे रहने और सोचते रहने का कोई प्रतिफल न होगा–यह सोचकर महेंद्र वहां से उठे। नगर में जाकर राजपुरुषों की सहायता से स्त्री-कन्या का पता

लगवाएं—यह सोचकर महेंद्र उसी तरफ चले। कुछ दूर जाकर राह में उन्होंने देखा कि कितनी ही बैलगाड़ियों को घेरकर बहुतेरे सिपाही चले आ रहे हैं।

बांग्ला सन् 1173 में बंगाल प्रदेश अंग्रेजों के शासनाधीन नहीं हुआ था। अंग्रेज उस समय बंगाल के दीवान ही थे। वे खजाने का रुपया वसूलते थे, लेकिन तब तक बंगालियों की रक्षा का भार उन्होंने अपने ऊपर लिया न था। उस समय लगान की वसूली का भार अंग्रेजों पर था और कुल संपत्ति की रक्षा का भार पापिष्ठ, नराधम, विश्वासघातक, मनुष्य-कुलकलंक मीरजाफर पर था। मीरजाफर आत्मरक्षा में ही अक्षम था, तो बंगाल प्रदेश की रक्षा कैसे कर सकता था? मीरजाफर सिर्फ अफीम का सेवन करता था और सोता था, अंग्रेज ही अपने जिम्मे का सारा कार्य करते थे। बंगाली रोते थे और कंगाल हुए जाते थे।

अत: बंगाल का कर अंग्रेजों को प्राप्त होता था, लेकिन शासन का भार नवाब पर था। जहां-जहां अंग्रेज अपने प्राप्त होने वाले कर की स्वयं वसूली कराते थे, वहां-वहां उन्होंने अपनी तरफ से कलेक्टर नियुक्त कर दिए थे, लेकिन मालगुजारी प्राप्त होने पर कलकत्ता जाती थी। जनता भूख से चाहे मर जाए, लेकिन मालगुजारी देनी ही पड़ती थी, फिर भी मालगुजारी पूरी तरह वसूल नहीं हुई थी—कारण, माता वसुमती के बिना धन उत्पन्न किए, जनता अपने पास से कैसे गढ़कर दे सकती थी? जो हो, जो कुछ प्राप्त हुआ था, उसे गाड़ियों पर लादकर सिपाहियों के पहरे में कलकत्ता भेजा जा रहा था—धन कंपनी के खजाने में जमा होता। आजकल डाकुओं का उत्पात बहुत बढ़ गया है, इसलिए पचास सशस्त्र सिपाही गाड़ी के आगे-पीछे संगीन खड़ी किए, कतार में चल रहे थे। उनका अध्यक्ष एक गोरा था, जो सबसे पीछे घोड़े पर सवार था। गरमी की भयानकता के कारण सिपाही दिन में न चलकर रात को सफर करते थे। चलते-चलते उन गाड़ियों और सिपाहियों के कारण महेंद्र की राह रुक गई। इस तरह राह रुकी होने के कारण थोड़ी देर के लिए महेंद्र सड़क के किनारे खड़े हो गए, फिर भी सिपाहियों के शरीर से धक्का लग सकता था और झगड़ा बचाने के ख्याल से वे कुछ हटकर जंगल के किनारे खड़े हो गए।

उसी समय एक सिपाही बोला—"यह देखो, एक डाकू भागता है।" महेंद्र के हाथ में बंदूक देखकर उसका विश्वास दृढ़ हो गया। वह दौड़कर पहुंचा और एकाएक महेंद्र का गला पकड़कर 'साले चोर!' कहकर उन्हें एक घूंसा जमाया और बंदूक छीन ली। खाली हाथ महेंद्र ने केवल घूंसे का जवाब घूंसे से दिया।

सिपाही घूंसा के अघात से चक्कर खाकर गिर पड़ा और बेहोश हो गया। इस पर

अन्य चार सिपाहियों ने आकर महेंद्र को पकड़ लिया और उन्हें उस गोरे सेनापति के पास ले गए। अभियोग लगाया कि इसने एक सिपाही का खून किया है।

गोरा साहब पाइप से तमाखू पी रहा था। नशे की झोंक में बोला–"साले को पकड़कर शादी कर लो।"

सिपाही हक्का-बक्का हो रहे थे कि बंदूकधारी डाकू से सिपाही कैसे शादी कर ले? नशा उतरने पर साहब का मत बदल सकता है कि शादी कैसे होगी–यही विचार कर सिपाहियों ने एक रस्सी लेकर महेंद्र के हाथ-पैर बांध दिए और गाडी पर डाल दिया। महेंद्र ने सोचा कि इतने सिपाहियों के रहते जोर लगाना व्यर्थ है–इसका कोई फल न होगा। दूसरे, स्त्री और कन्या के गायब होने के कारण महेंद्र बहुत दुःखी और निराश थे; सोचा–मर जाना ही अच्छा है! सिपाहियों ने उन्हें गाड़ी के बल्ले से अच्छी तरह बांध दिया और इसके बाद धीर-गंभीर चाल से वे लोग फिर पहले की तरह चलने लगे।

ब्रह्मचारी की आज्ञा पाकर भवानंद धीरे-धीरे हरिकीर्तन करते हुए उस बस्ती की तरफ चले, जहां महेंद्र का कन्या और पत्नी से वियोग हुआ था। उन्होंने विवेचन किया कि महेंद्र का पता वहीं से लगना संभव है।

उस समय अंग्रेजों की बनवाई हुई आधुनिक राहें न थीं। किसी भी नगर से कलकत्ता जाने के लिए मुगल सम्राटों की बनाई राह से ही जाना पड़ता था। महेंद्र भी पदचिह्न से नगर जाने के लिए दक्षिण से उत्तर जा रहे थे। भवानंद ताल-पहाडी से जिस बस्ती की तरफ आगे बढ़े, वह भी दक्षिण से उत्तर पड़ती थी। जाते-जाते उनका भी उन धन-रक्षक सिपाहियों से साक्षात् हो गया। भवानंद भी सिपाहियों की बगल से निकले। एक तो सिपाहियों का विश्वास था कि इस खजाने को लूटने के लिए डाकू अवश्य कोशिश करेंगे, उस पर राह में एक डाकू महेंद्र को गिरफ्तार कर चुके थे, अतः भवानंद को भी राह में पाकर उन्हें विश्वास हो गया कि यह भी डाकू है। अतएव तुरंत उन सबने भवानंद को भी पकड़ लिया।

भवानंद ने मुस्कराकर कहा–"ऐसा क्यों भाई?"

सिपाही बोला–"तुम साले डाकू हो!"

भवानंद–"देख तो रहे तो, गेरुआ कपड़ा पहने मैं ब्रह्मचारी हूं...डाकू क्या मेरे जैसे होते हैं?"

सिपाही–"बहुतेरे साले ब्रह्मचारी-संन्यासी डकैत होते हैं।"

यह कहते हुए सिपाही भवानंद को धक्का दे खींच लाए। अंधकार में भवानंद की आंखों से आग निकलने लगी, लेकिन उन्होंने और कुछ न कर विनीत भाव से कहा–"हुजूर! आज्ञा करो, क्या करना होगा?"

भवानंद की वाणी से संतुष्ट होकर सिपाही ने कहा–"ले साले! सिर पर यह बोझ लादकर चल।" यह कहकर सिपाही ने भवानंद के सिर पर एक गठरी लाद दी। यह देख एक दूसरा सिपाही बोला–' नहीं-नहीं, भाग जाएगा। इस साले को भी वहां पहले वाले की तरह बांधकर गाड़ी पर बैठा दो।" इस पर भवानंद को और उत्कंठा हुई कि पहले किसे बांधा है, देखना चाहिए। यह विचार कर भवानंद ने गठरी फेंक दी और पहले सिपाही को एक थप्पड़ जमाया। अत: अब सिपाहियों ने उन्हें भी बांधकर गाड़ी पर महेंद्र की बगल में डाल दिया। भवानंद पहचान गए कि यही महेंद्र सिंह हैं।

सिपाही फिर निश्चिंत हो कोलाहल मचाते हुए आगे बढ़े। गाड़ी का पहिया 'घड़-घड़' शब्द करता हुआ घूमने लगा। भवानंद ने अतीव धीमे स्वर में, ताकि महेंद्र ही सुन सके, कहा–"महेंद्र सिंह! मैं तुम्हें पहचानता हूं। तुम्हारी सहायता करने के लिए ही यहां आया हूं। मैं कौन हूं, यह भी तुम्हें सुनने की जरूरत नहीं। मैं जो कहता हूं, सावधान होकर वही करो! तुम अपने हाथ के बंधन गाड़ी के पहिए के ऊपर रखो।"

महेंद्र विस्मित हुए, फिर भी उन्होंने बिना कहे-सुने भवानंद के मतानुसार कार्य किया–अंधकार में गाड़ी के चक्के की तरफ जरा खिसककर उन्होंने अपने हाथ के बंधनों को पहिए के ऊपर लगाया। थोड़ी ही देर में उनके हाथ के बंधन कटकर खुल गए। इस तरह बंधन से मुक्त होकर वे चुपचाप गाड़ी पर लेटे रहे। भवानंद ने भी उसी तरह अपने को बंधनों से मुक्त किया। दोनों ही चुपचाप लेटे रहे।

जंगल के समीप राजपथ पर जिस जगह खड़े होकर ब्रह्मचारी ने चारों ओर देखा था, उसी राह से इन लोगों को गुजरना था। उस पहाड़ी के निकट पहुंचने पर सिपाहियों ने देखा कि एक शिलाखंड पर जंगल के किनारे एक पुरुष खड़ा है। हल्की चांदनी में उस पुरुष का काला शरीर चमकता हुआ देखकर सिपाही बोला–"देखो, एक साला और यहां खड़ा है।"

इस पर उसे पकड़ने के लिए एक आदमी दौड़ा, लेकिन वह आदमी वहीं खड़ा रहा, भागा नहीं–पकड़कर हवलदार के पास ले आने पर भी वह व्यक्ति कुछ न बोला। हवलदार ने कहा–"इस साले के सिर पर गठरी लादो!"

सिपाहियों के एक भारी गठरी देने पर उसने भी सिर पर ले ली, तब हवलदार पीछे पलटकर गाडी के साथ चला। इसी समय एकाएक पिस्तौल चलने की आवाज हुई–हवलदार माथे में गोली खाकर गिर पड़ा।

''इसी साले ने हवलदार को मारा है!'' कहकर एक सिपाही ने उस मोटिया का हाथ पकड लिया। मोटिए के हाथ में तब तक पिस्तौल थी। मोटिए ने अपने सिर का बोझ फेंककर और तुरंत पलटकर उस सिपाही के माथे पर आघात किया, सिपाही का माथा फट गया और वह जमीन पर गिर पड़ा। इसी समय ''हरि! हरि! हरि!'' पुकारते दो सौ व्यक्तियों ने आकर सिपाहियों को घेर लिया। सिपाही गोरे साहब के आने की प्रतीक्षा कर रहे थे। साहब भी डाका पड़ा है–विचारकर तुरंत गाड़ी के पास पहुंचा और सिपाहियों को चौकोर खड़े होने की आज्ञा दी। अंग्रेजों का नशा विपद् के समय नहीं रहता। सिपाहियों के उस तरह खड़े होते ही दूसरी आज्ञा से उन्होंने अपनी-अपनी बंदूकें संभालीं। इसी समय एकाएक साहब की कमर की तलवार किसी ने छीन ली और फौरन उसने एक वार में साहब का सिर भुट्टे की तरह उड़ा दिया–साहब का धड़ घोड़े से गिरा। फायर करने का हुक्म वह दे न सका। तब लोगों ने देखा कि एक व्यक्ति गाड़ी पर हाथ में नंगी तलवार लिये हुए ललकार रहा है–''मारो, सिपाहियों को मारो...मारो!'' वह इसके साथ ही 'हरि हरि!' का जयनाद भी करता जाता है। वह व्यक्ति और कोई नहीं भवानंद था।

एकाएक अपने साहब को मरा हुआ देख और अपनी रक्षा के लिए किसी को आज्ञा देते न देखकर सरकारी सिपाही डटकर भी निश्चेष्ट हो गए। इस अवसर पर तेजस्वी डाकुओं ने सिपाहियों को हताहत कर आगे बढ़, गाड़ी पर रखे हुए खजाने पर अधिकार जमा लिया। सरकारी फौजी टुकड़ी भयभीत होकर भागी।

अंत में वह व्यक्ति सामने आया जो दल का नेतृत्व करता था और पहाड़ी पर खड़ा था। उसने आकर भवानंद को गले लगा लिया।

भवानंद ने कहा–''भाई जीवानंद! तुम्हारा नाम सार्थक हो?''

इसके बाद अपहृत धन को यथास्थान भेजने का भार जीवानंद पर रहा। वह अपने अनुचरों के साथ खजाना लेकर शीघ्र ही किसी अन्य स्थान पर चले गए।

भवानंद अकेले खड़े रह गए।

4

बैलगाड़ी से कूदकर एक सिपाही की तलवार छीनकर महेंद्र सिंह ने भी चाहा कि युद्ध में योग दें। इसी समय उन्हें प्रत्यक्ष दिखाई दिया कि युद्ध में लगा हुआ दल और कोई नहीं, बल्कि डाकुओं का दल है—धन छीनने के लिए इन लोगों ने सिपाहियों पर आक्रमण किया है। यह विचार कर महेंद्र युद्ध से विरत होकर दूर जा खड़े हुए। उन्होंने सोचा कि डाकुओं का साथ देने से उन्हें भी दुराचार का भागी बनना पड़ेगा। वे तलवार फेंककर धीरे-धीरे वह स्थान त्यागकर जा रहे थे, इसी समय भवानंद उनके पास आकर खडे हो गए।

महेंद्र ने पूछा—"महाशय! आप कौन है ?"

भवानंद ने कहा—"इससे तुम्हारा क्या प्रयोजन है ?"

महेंद्र—मेरा कुछ प्रयोजन नहीं—आज आपके द्वारा मैं विशेष रूप से उपकृत हुआ हूं।

भवानंद–मुझे ऐसा विश्वास नहीं था कि हाथों में हथियार रहते हुए भी तुम युद्ध से विरत रहोगे...जमींदारों के लड़के घी-दूध का श्राद्ध करना तो जानते है, लेकिन काम के समय बंदर बन जाते हैं!

भवानंद की बात समाप्त होते-न-होते महेंद्र ने घृणा के साथ कहा–''यह तो अपराध है, डकैती है।''

भवानंद ने कहा–''हां डकैती! हम लोगों के द्वारा तुम्हारा कुछ उपकार हुआ था, साथ ही और भी कुछ उपकार कर देने की इच्छा है!''

महेंद्र–तुनने मेरा कुछ उपकार अवश्य किया है, लेकिन और क्या उपकार करोगे? फिर डाकुओं द्वारा उपकृत होने के बदले अनुपकृत होना ही अच्छा है।

भवानंद–उपकार ग्रहण न करो, यह तुम्हारी इच्छा है। यदि इच्छा हो तो मेरे साथ आओ, तुम्हारी स्त्री-कन्या से मुलाकात करा दूंगा!

महेंद्र पलटकर खड़े हो गए, बोले–''क्या कहा?''

भवानंद ने इसका कोई जवाब न देकर पैर आगे बढ़ाया।

अंत में महेंद्र भी साथ-साथ आने लगे, साथ ही मन-ही-मन सोचते जाते थे–ये सब कैसे डाकू हैं?

उस चांदनी रात में दोनों ही जंगल पार करते हुए चले जा रहे थे। महेंद्र चुप, शांत, गर्वित और कुछ कौतूहल में भी थे।

सहसा भवानंद ने भिन्न रूप धारण कर लिया। वे अब स्थिर-मूर्ति, धीर प्रवृत्ति संन्यासी न रहे–वे रणनिपुण वीरमूर्ति, अंग्रेज सेनाध्यक्ष का सिर काटने वाले रुद्ररूप अब न रहे। अभी जिस गर्वित भाव से वे महेंद्र का तिरस्कार कर रहे थे, अब भवानंद वे न थे मानो ज्योत्स्नामयी, शांतिमयी पृथ्वी की तरु-कानन नद-नदीमय शोभा निरखकर उनके चित्त में विशेष परिवर्तन हो गया हो। चंद्रोदय होने पर समुद्र मानो हंस उठा। भवानंद हंसमुख, मुखर, प्रियसंभाषी बन गए और बातचीत के लिए बहुत बेचैन हो उठे। भवानंद ने बातचीत करने के अनेक उपाय रचे, लेकिन महेंद्र चुप ही रहे, तब निरुपाय होकर भवानंद ने गाना शुरू किया–

''वंदे मातरम्!
सुजलां सुफलां मलयज शीतलाम्
शस्यश्यामलां मातरम्...।''

महेंद्र यह गीत सुनकर कुछ आश्चर्य में पड़ गए। वे कुछ समझ न सके-सुजलां, सुफलां, मलयज शीतलां, शस्यश्यामलां माता कौन हैं? उन्होंने पूछा-"यह माता कौन हैं?"

कोई उत्तर न देकर भवानंद गाते रहे-

"शुभ्र ज्योत्स्ना पुलकित यामिनीम्
फुल्लकुसुमित द्रुमदल शोभिनीम्
सुहासिनीं सुमधुरभाषिणीम्
सुखदां वरदां मातरम्।"

महेंद्र-यह तो देश है, यह तो मां नहीं है।

भवानंद-हम लोग दूसरी किसी मां को नहीं मानते। जननी जन्मभूमिश्च स्वर्गादपि गरीयसी'-हमारी माता, जन्मभूमि ही हमारी जननी है-हमारे न मां है, न पिता है, न भाई है-कुछ नहीं है, स्त्री भी नहीं, घर भी नहीं, मकान भी नहीं। हमारी अगर कोई है तो वही सुजला, सुफला, मलयजसमीरण-शीतला, शस्यश्यामला।

अब महेंद्र ने समझकर कहा-"तो फिर गाओ!"

भवानंद फिर गाने लगे-

'बंदे मातरम्!

सुजलां सुफलां मलयजशीतलाम्
शस्यश्यामलां मातरम्...।
शुभ्र ज्योत्स्ना-पुलकित यामिनीम्
फुल्लकुसुमित द्रुमदल शोभिनीम्
सुहासिनीं सुमधुरभाषिणीम्
सुखदां, वरदां मातरम्।।
बंदे मातरम्!
सप्तकोटिकंठ-कलकल निनादकराले,
द्विसप्तकोटि भुजैर्धृत खरकरवाले,
अबला केनो मां तुमि एतो बले!
बहुबलधारिणीम् नमामि तारिणीम्
रिपुदलवारिणीम् मातरम्॥
बंदे मातरम्!
तुमि विद्या, तुमि धर्म,

तुमि हरि, तुमि कर्म,
त्वं हि प्राणः शरीरे।
बाहुते तुमि मां शक्ति,
हृदये तुमि मां भक्ति,
तोमारई प्रतिमा गड़ी मंदिरे-मंदिरे।
त्वं हि दुर्गा दशप्रहरण धारिणीं,
कमला कमल-दल-विहारिणीं।
वाणी विद्यादायिनीं नमामि त्वं,
नमामि कमलां, अमलां, अतुलाम्।
सुजलां, सुफलां, मातरम्।।
वंदे मातरम्.
श्यामलां, सरलां, सुस्मितां, भूषिताम्।
धरणी, भरणी मातरम्॥
वंदे मातरम्!"

महेंद्र ने देखा, दस्यु गाते-गाते रोने लगा, तब महेंद्र ने विस्मय से पूछा—"तुम लोग कौन हो?"

भवानंद ने उत्तर दिया—"हम लोग संतान हैं।"

महेंद्र—संतान क्या? किसकी संतान है?

भवानंद—माता की संतान!

महेंद्र—ठीक! तो क्या संतान लोग चोरी-डकैती करके मां की पूजा करते हैं? यह कैसी मातृभक्ति?

भवानंद—हम लोग चोरी-डकैती नहीं करते...।

महेंद—अभी तो गाड़ी लूटी है...?

भवानंद—यह क्या चोरी-डकैती है! किसके रुपये लुटे हैं?

महेंद्र—क्यों? राजा के!

भवानंद—राजा के! वह क्यों इन रुपयों को लेगा—इन रुपयों पर उसका क्या अधिकार है?

महेंद्र—राजा का राज-भाग।

भवानंद—जो राजा राज्य प्रबंध न करे, जनता-जनार्दन की सेवा न करे, वह राजा कैसे हुआ?

महेंद्र–देखता हूं, तुम लोग किसी दिन फौजी की तोपों के मुंह पर उड़ जाओगे।

भवानंद–अनेक साले सिपाहियों को देख चुका हूं, अभी आज भी तो देखा है!

महेंद्र–अच्छी तरह नहीं देखा, एक दिन देखोगे!

भवानंद–सब देख चुका हूं। एक बार से दो बार तो मनुष्य मर नहीं सकता।

महेंद्र–जान-बूझकर मरने की क्या जरूरत है?

भवानंद–महेंद्र सिंह! मेरा ख्याल था कि तुम मनुष्यों के समान मनुष्य होंगे, लेकिन देखा–जैसे सब हैं, वैसे तुम भी हो–घी-दूध खाकर भी दम नहीं। देखो, सांप मिट्टी में अपने पेट को घसीटता हुआ चलता है–उससे बढ़कर तो शायद हीन कोई न होगा; लेकिन उसके शरीर पर भी पैर रख देने पर वह फन काढ़ लेता है। तुम लोगों का धैर्य क्या किसी तरह भी नष्ट नहीं होता? देखो, कितने देशी शहर हैं–मगध, मिथिला, काशी, कराची, दिल्ली, कश्मीर-उन जगहों की ऐसी दुर्दशा है? किस देश के मनुष्य भोजन के अभाव में घास खा रहे हैं? किस देश की जनता कांटे खाती है, लता-पत्ता खाती है? किस देश के मनुष्य सियार, कुत्ते और मुर्दे खाते हैं? आदमी अपने संदूक में धन रखकर भी निश्चित नहीं है–सिंहासन पर शालिग्राम बैठाकर निश्चित नहीं है–घर में बहू-नौकर-मजदूरनी रखकर निश्चित नहीं है! हर देश का राजा अपनी प्रजा की दशा का, भरण-पोषण का ख्याल रखता है; हमारे देश का यवन राजा क्या हमारी रक्षा कर रहा है? धर्म गया, जाति गई, मन गया–अब तो प्राणों पर बाजी आ गई है। इन नशेबाजों को बिना भगाए क्या हिंदू हिंदू रह जाएंगे?

महेंद्र–कैसे भगाओगे?

भवानंद–मारकर!

महेंद्र–तुम अकेले भगाओगे–एक थप्पड़ मारकर क्या?

भवानंद ने फिर गाया–

"सप्तकोटि कंठ कलकल निनादकराले
द्विसप्तकोटि भुजैर्धृत खरकरवाले,
अबला केनो मां तुमि एतो बले।"

महेंद्र–किंतु देखता हूं, तुम तो अकेले हो?

भवानंद–क्यों, अभी तो दो सौ आदमियों को देख चुके हो।

महेंद्र–क्या वे सब संतान हैं?

भवानंद–हां, सब संतान हैं

महेंद्र–और कितने लोग हैं?

भवानंद–इसी तरह हजारों हैं। धीरे-धीरे और बढ़ेंगे।

महेंद्र–बहुत होगा, दस-बीस हो जाओगे, लेकिन क्या इतने से ही यवन भाग जाएंगे? क्या वे सहज ही राजच्युत होंगे?

भवानंद–प्लासी में अंग्रेजों की फौज कितनी थी?

महेंद्र–अंग्रेज और बंगाली बराबर हैं?

भवानंद–न, कैसे बराबर होंगे? शरीर में अधिक बल होने से क्या गोला ज्यादा तेज चलता है?

महेंद्र–तब अंग्रेजों और यवनों में इतना अंतर क्यों है?

भवानंद–मान लो, एक अंग्रेज प्राण जाने पर भी भागता नहीं, लेकिन एक यवन पसीना आते ही भागता है, शरबत की खोज करता है। इसके बाद मान लो, अंग्रेज जो करना चाहते हैं, करके छोड़ते हैं, उनमें लगन होती है, लेकिन यवन आरामतलब होते हैं, रुपयों के लिए प्राण देते हैं–उस पर तनख्वाह भी तो नहीं पाते। सबसे अंतिम बात यह है कि अंग्रेज साहसी होते हैं। एक गोला एक ही जगह जाकर गिरेगा, दस जगह नहीं, अतः एक गोले को देखकर दस आदमियों के भागने की क्या जरूरत है? एक गोले के छूटते ही यवन फौज-की-फौज भागती है, लेकिन सैकड़ों गोले देखकर भी एक अंग्रेज तो नहीं भागता।

महेंद्र ने आश्चर्यचकित होते हुए पूछा–"तुम लोगों में ये सब गुण हैं?"

भवानंद–नहीं, लेकिन गुण पेड़ों में तो नहीं फलते, अभ्यास से ही आते हैं।

महेंद्र भवानंद की बात सुनकर विचारमग्न हो गए।

5

कुछ क्षण मौन रहकर महेंद्र ने गंभीरता से कहा—"तुम लोग क्या अभ्यास करते हो?"

भवानंद ने समझाते हुए कहा—"देखते नहीं हो, हम लोग संन्यासी हैं! हमारा संन्यास धर्म इसी अभ्यास के लिए है। कार्योद्धार होने और अभ्यास पूरा होने के पश्चात् हम लोग फिर गृहस्थ हो जाएंगे। हम लोगों के भी स्त्री-कन्या सब हैं।"

महेंद्र ने भवानंद के चेहरे पर दृष्टि जमाते हुए कहा—"तुम लोग उन सबको त्यागकर माया-मोह से परे हो सके हो?"

भवानंद–संतान झूठ नहीं बोला करते–तुम्हारे सामने मैं मिथ्या बड़ाई करना नहीं चाहता–माया से परे कौन हो सकता है? जो कहे कि हमने माया काट दी है, शायद उसे माया-ममता कभी रही ही नहीं या वह मिथ्यावादी है। हम माया से परे नहीं हुए हैं, लेकिन हम लोग अपने इस व्रत की रक्षा करते हैं। तुम संतान बनोगे?

महेंद्र–बिना अपनी स्त्री-कन्या का पता पाए और मिले, मैं कुछ नहीं कर सकता।

भवानंद–चलो, तुम अपनी स्त्री-कन्या को देखोगे? चलो!

दोनों शांत होकर राह तय करने लगे। भवानंद ने फिर वंदेमातरम् गाना शुरू किया।

महेंद्र का गला भी सुरीला था, संगीत में कुछ अभ्यास और रुचि भी थी, अतः वे भी साथ ही गाने लगे। उन्होंने देखा कि यह अपूर्व देशगीत गाते-गाते आंखों में जल आने लगता है, तब महेंद्र ने कहा–''यदि स्त्री-कन्या का त्याग न करना पडे तो इस व्रत में मुझे भी दीक्षित कर लो!''

भवानंद–यह व्रत जो लेता है, उसे स्त्री-कन्या का त्याग करना ही पडता है। तुम यदि यह व्रत लेना चाहोगे, तो स्त्री-कन्या से मुलाकात करने न पाओगे! उनकी रक्षा के लिए उपयुक्त प्रबंध कर दिया जाएगा, लेकिन व्रत की सफलता तक उनका मुखदर्शन नहीं मिलेगा।

महेंद्र–तब मैं यह व्रत ग्रहण न करूंगा।

सवेरा हो गया है। वह जनहीन कानन अब तक अंधकारमय और शब्दहीन था। अब आलोकमय प्रातःकाल में आनंदमय कानन के 'आनंदमठ' में सत्यानंद स्वामी मृगचर्म पर बैठे हुए संध्या कर रहे हैं। उनके पास में जीवानंद बैठे हैं। ऐसे ही समय महेंद्र को साथ में लिये हुए स्वामी भवानंद वहां उपस्थित हुए। ब्रह्मचारी चुपचाप संध्या में तल्लीन रहे, किसी को कुछ बोलने का साहस न हुआ। इसके बाद संध्या समाप्त हो जाने पर भवानंद और जीवानंद दोनों ने उठकर उनके चरणों में प्रणाम किया, पदधूलि ग्रहण करने के बाद दोनों बैठ गए।

सत्यानंद इसी समय भवानंद को इशारे से बाहर बुला ले गए। हम नहीं जानते कि उन लोगों में क्या बातें हुईं। कुछ देर बाद उन दोनों के मंदिर में लौट आने पर मंद-मंद मुस्काते हुए ब्रह्मचारी ने महेंद्र से कहा–''बेटा! मैं तुम्हारे दुःख से

बहुत दुःखी हूं। केवल उन्हीं दीनबंधु प्रभु की ही कृपा से कल रात तुम्हारी स्त्री और कन्या को किसी तरह बचा सका।" उन्हीं ब्रह्मचारी ने कल्याणी की रक्षा का सारा वृत्तांत सुना दिया। इसके बाद उन्होंने कहा–"चलो, वे लोग जहां हैं, वहीं तुम्हें ले चलें!"

यह कहकर ब्रह्मचारी आगे-आगे और महेंद्र पीछे देवालय के अंदर घुसे। देवालय में प्रवेश कर महेंद्र ने देखा–बड़ा ही लंबा-चौड़ा और ऊंचा कमरा है। इस अरुणोदय काल में जबकि बाहर का जगत सूर्य के प्रकाश में हीरे के समान चमक रहा है, उस समय भी इस कमरे में प्रायः अंधकार है। घर के अंदर क्या है–पहले तो महेंद्र यह देख न सके, किंतु कुछ देर बाद देखते-ही-देखते उन्हें दिखाई दिया कि एक विराट चतुर्भुज मूर्ति है, शंख-चक्र-गदा-पद्मधारी, कौस्तुभमणि हृदय पर धारण किए, सामने घूमता सुदर्शन चक्र लिये स्थापित है। मधुकैटभ जैसी दो विशाल छिन्नमस्तक मूर्तियां खून से लथपथ-सी चित्रित सामने पड़ी हैं। बाएं लक्ष्मी आलुलायित कुंतला शतदल-माला मंडिता, भयत्रस्त की तरह खड़ी हैं। दाहिने सरस्वती पुस्तक, वीणा और मूर्तिमयी राग-रागिनी आदि से घिरी हुई स्तवन कर रही हैं। विष्णु की गोद में एक मोहिनी मूर्ति–लक्ष्मी और सरस्वती से अधिक सुंदरी, उनसे भी अधिक ऐश्वर्यमयी-अंकित है। गंधर्व, किन्नर, यक्ष, राक्षसगण उनकी पूजा कर रहे हैं।

ब्रह्मचारी ने अतीव गंभीर, अतीव मधुर स्वर में महेंद्र से पूछा–"सब कुछ देख रहे हो?"

महेंद्र ने उत्तर दिया–"देख रहा हूं।"

ब्रह्मचारी–विष्णु की गोद में कौन है, देखते हो?

महेंद्र–देखा, कौन है वह?

ब्रह्मचारी–मां!

महेंद्र–मां कौन?

ब्रह्मचारी ने उत्तर दिया–"हम जिनकी संतान हैं।"

महेंद्र–कौन है वह?

ब्रह्मचारी–समय पर पहचान जाओगे। बोलो, वंदे मातरम्! अब चलो, आगे चलो!

ब्रह्मचारी अब महेंद्र को एक दूसरे कमरे में ले गए। वहां जाकर महेंद्र ने देखा–एक अद्‌भुत शोभा-संपन्न, सर्वाभरणभूषिता जगद्धात्री की मूर्ति विराजमान है।

महेंद्र ने पूछा–"यह कौन है ?"

ब्रह्मचारी–मां, जो वहां थीं।

महेंद्र–कौन ?

ब्रह्मचारी–इन्होंने यह हाथी, सिंह आदि वन्य पशुओं को पैरों से रौंदकर उनके आवास-स्थान पर अपना पद्मासन स्थापित किया। ये सर्वालंकार-परिभूषिता हास्यमयी सुंदरी हैं–यही बालसूर्य के स्वर्णिम आलोक आदि ऐश्वर्यों की अधिष्ठात्री हैं–इन्हें प्रणाम करो!

महेंद्र ने भक्ति-भाव से जगद्धात्री-रूपिणी मातृभूमि भारतमाता को प्रणाम किया, तब ब्रह्मचारी ने उन्हें एक अंधेरी सुरंग दिखाकर कहा–"इस राह से आओ!"

ब्रह्मचारी स्वयं आगे-आगे चले। महेंद्र भयभीत चित्त से पीछे-पीछे चल रहे थे। भूगर्भ की अंधेरी कोठरी में न जाने कहां से हल्का उजाला आ रहा था। उस क्षीण आलोक में उन्हें एक काली मूर्ति दिखाई दी।

ब्रह्मचारी ने कहा–"देखो, अब मां का कैसा स्वरूप है!"

महेंद्र ने कहा–"काली ?"

ब्रह्मचारी–हां, मां काली–अंधकार से घिरी हुई कालिमामयी सर्वस्व हरने वाली हैं, इसीलिए नग्न हैं। आज देश चारों तरफ श्मशान हो रहा है, इसलिए मां कंकालमालिनी हैं–अपने 'शिव' को अपने ही पैरों तले रौद रही हैं। हाय मां!

ब्रह्मचारी की आंखों से आंसू की धारा बहने लगी।

ब्रह्मचारी–हम लोग संतान हैं। अपनी मां के हाथों में अभी केवल अस्त्र रख दिए हैं। बोलो–वंदेमातरम्!

"वंदेमातरम्!" कहकर महेंद्र ने मां काली को प्रणाम किया।

अब ब्रह्मचारी ने कहा–"इस राह से आओ!"

यह कहकर वे दूसरी सुरंग में चले। सहसा उन लोगों के सामने प्रातः के सूर्य की किरणें चमक उठीं, चारों तरफ मधुर कंठ से पक्षी कूंज उठे। सामने देखा, एक संगमरमर से निर्मित विशाल मंदिर के बीच सुवर्ण-निर्मित दशभुज-प्रतिमा नव-अरुण की किरणों से ज्योतिर्मयी होकर हंस रही हैं।

ब्रह्मचारी ने प्रणाम कर कहा–"ये हैं मां, जो भविष्य में उनका रूप होगा। इनके दशभुज दसों दिशाओं में प्रसारित हैं, उनमें नाना आयुधरूप में नाना शक्तियां शोभित हैं। पैरों के नीचे शत्रु दबे हुए हैं, पैरों के निकट वीर-केशरी भी शत्रु-निपीड़न में मग्न हैं।"

सत्यानंद गद्‌गद होकर रोने लगे–'दिक्‌भुजा! नानाप्रहरणधारिणी, शत्रुविमर्दिनी, वीरेंद्र पृष्ठविहारिणी, दाहिने लक्ष्मी भाग्यरूपेणी, बाएं वाणी विद्याविज्ञानदायिनी–साथ में शक्ति के आधार कार्तिकेय, कार्यसिद्धिरूपी गणेश–आओ, हम दोनों मां को प्रणाम करें!'' इस पर दोनों ही हाथ जोड़कर माता का सौम्य रूप निहारते हुए प्रार्थना करने लगे–

''सर्वमंगलमांगल्ये शिवे सर्वार्थसाधिके।
शरण्ये त्र्यम्बके गौरी नारायणि नमोस्तुते॥''

दोनों के भक्ति-भाव से प्रणाम कर चुकने के बाद, भरे हुए गले से महेंद्र ने पूछा–''मां की ऐसी मूर्ति कब देखने को मिलेगी?''

ब्रह्मचारी ने कहा–''जिस दिन मां की सारी संतानें एक साथ मां को बुलाएंगी, उसी दिन मां प्रसन्न होंगी।''

एकाएक महेंद्र ने पूछा–''मेरी स्त्री-कन्या कहां हैं?''

ब्रह्मचारी–चलो, देखोगे? चलो

महेंद्र–उन लोगों से भी एक बार मैं अवश्य मिलूंगा, इसके बाद उन्हें विदा कर दूंगा।''

ब्रह्मचारी–क्यों विदा करोगे?

महेंद्र–मैं भी यह महामंत्र ग्रहण करूंगा!

ब्रह्मचारी–उन्हें कहां विदा करोगे?

महेंद्र ने विचारकर कहा–''मेरे घर पर कोई नहीं है, मेरा दूसरा कोई स्थान भी नहीं है। इस महामारी के समय और कहां स्थान मिलेगा?''

ब्रह्मचारी–जिस राह से यहां आए हो, उसी राह से मंदिर के बाहर जाओ! मंदिर के दरवाजे पर तुम्हें स्त्री-कन्या दिखाई देंगी। कल्याणी अभी तक निराहार है। जहां वे दोनों बैठी हैं, वहीं भोजन की सामग्री पाओगे। उसे भोजन कराके तुम्हारी जो इच्छा हो, करना। अब हम लोगों में से किसी से कुछ देर मुलाकात न होगी। यदि तुम्हारा मन इधर होगा तो समय पर मैं तुमसे मिलूंगा।

इसके बाद ही किसी तरह से एकाएक ब्रह्मचारी अंतर्हित हो गए।

महेंद्र ने पूर्व-परिचित राह से लौटकर देखा–नाट्य मंदिर में कल्याणी कन्या को लिये हुए बैठी है।

इधर सत्यानंद एक दूसरी सुरंग में जाकर एक अकेली भूगर्भस्थित कोठरी में उतर पड़े। वहां जीवानंद और भवानंद बैठे हुए रुपये गिन-गिनकर रख रहे थे। उस

कमरे में ढेरों सोना, चांदी, तांबा, हीरे, मोती, मूंगे रखे हुए थे। गत रात खजाने की लूट का माल ये लोग गिन-गिनकर रख रहे थे।

सत्यानंद ने कमरे में प्रवेश कर कहा–"जीवानंद! महेंद्र हमारे साथ आएगा। उसके आने से संतानों का विशेष कल्याण होगा। कारण, आने से उसके पूर्वजों का संचित धन मां की सेवा में अर्पित होगा, लेकिन जब तक वह तन-मन-वचन से मातृभक्त न हो, तब तक उसे ग्रहण न करना। तुम लोगों के हाथ का काम समाप्त होने पर तुम लोग भिन्न-भिन्न समय में उसका अनुसरण करना। उचित समय पर उसे श्रीविष्णुमंडप में उपस्थित करना और समय हो या कुसमय हो, उन लोगों की रक्षा अवश्य करना। कारण, जैसे दुष्टों का दमन और दलन संतानों का धर्म है, वैसे ही शिष्टों की रक्षा करना भी संतानों का धर्म है!"

6

अनेक दुःखों के बाद महेंद्र और कल्याणी की मुलाकात हुई। कल्याणी रोकर पछाड़ खाते हुए गिर पड़ी। महेंद्र और भी रोए। रोने के बाद आंखों के पोंछने की बारी आई। जितनी बार आंखें पोंछी जाती थीं, उतनी ही बार आंसू आ जाते थे। आंसू बंद करने के लिए कल्याणी ने भोजन की बात उठाई। ब्रह्मचारीजी के अनुचर जो खाना रख गए थे, कल्याणी ने उसे खाने के लिए महेंद्र से कहा।

दुर्भिक्ष के दिनों में इधर अन्न भोजन की कोई संभावना नहीं थी, फिर भी आसपास जो कुछ है, संतानों के लिए वह सुलभ है। वह जंगल साधारण मनुष्यों के लिए अगम्य हैं, जहां जिस वृक्ष में जो फल होते हैं, उन्हें भूखे लोग तोड़कर खाते हैं, किंतु इस अगम्य वन के वृक्षों का फल कोई नहीं पाता, इसलिए ब्रह्मचारी के अनुचर ढेरों फल और दूध लाकर रख जाने में

समर्थ हुए। संन्यासीजी की संपत्ति में अनेक गौएं भी हैं। कल्याणी के अनुरोध पर महेंद्र ने पहले कुछ भोजन किया, इसके बाद बचा हुआ भोजन अकेले में बैठकर कल्याणी ने खाया। उन लोगों ने थोड़ा दूध कन्या को पिलाया, बाकी बचा हुआ रख लिया, फिर पिलाने की आशा ही तो माता-पिता का संतान के प्रति धर्म है। इसके बाद थकावट और भोजन के कारण दोनों ने निद्राभिभूत होकर आराम किया।

नींद से उठने के बाद दोनों विचार करने लगे–'अब कहां चलना चाहिए?'

कल्याणी–घर पर विपद की संभावना समझकर हमने गृहत्याग किया था, लेकिन अब देखती हूं कि घर से भी अधिक कष्ट बाहर है। न हो तो चलो, घर ही लौट चलें!

महेंद्र की भी यही इच्छा थी। महेंद्र की इच्छा है कि कल्याणी को घर पर बैठाकर, कोई एक विश्वासी अभिभावक नियुक्त कर, इस परम रमणीय, अपार्थिव पवित्र मातृसेवा-व्रत को ग्रहण करेंगे। अत: इस बात पर वे सहज ही सहमत हो गए। अब दोनों ही प्राणियों ने थकावट दूर होने पर कन्या को गोद में लेकर फिर पदचिह्न की तरफ यात्रा की, किंतु पदचिह्न की ओर जाने के लिए किस राह से जाना होगा? उस दुर्भेद्य वन में वे कुछ भी समझ न सके। उन्होंने समझा था कि जंगल पार होते ही हमें राह मिल जाएगी और पदचिह्न पहुंच सकेंगे, लेकिन वहां तो वन की ही थाह नहीं लगती है। बहुत देर तक वे लोग वन के अंदर इधर-उधर चक्कर लगाते रहे और बार-बार घूम-फिरकर मठ में ही पहुंच जाते थे। उन्हें जंगल से पार होनेवाली राह मिलती ही न थी। यह देखते हुए सामने एक वैष्णव वेशधारी खड़े हंस रहे थे। यह देखकर महेंद्र ने रुष्ट होकर उनसे कहा–''गोस्वामी! खड़े-खड़े हंसते क्यों हो?''

गोस्वामी बोले–''तुम लोग इस वन में आए कैसे?''

महेंद्र बोले–''जैसे भी हो, आ ही गए हैं!''

गोस्वामी–प्रवेश कर सके तो बाहर क्यों नहीं निकल पाते हो?

यह कहकर वैष्णव फिर हंसने लगे।

महेंद्र–हंसते तो हो, लेकिन क्या तुम इससे बाहर निकल सकते हो?

वैष्णव ने कहा–''मेरे साथ आओ, मैं राह बता देता हूं। अवश्य ही तुम लोग ब्रह्मचारीजी के संग आए होंगे, अन्यथा न तो कोई यहां आ सकता है, न निकल ही सकता है। अपरिचितों के लिए यह भूल-भुलैया है।''

यह सुनकर महेंद्र ने कहा–''आप भी संतान हैं?''

वैष्णव ने कहा–''हां, मैं भी संतान हूं। मेरे साथ आओ। तुम्हें राह दिखाने के लिए ही मैं यहां खड़ा हूं।''

महेंद्र ने पूछा–"आपका नाम क्या है?"

वैष्णव ने उत्तर दिया–"मेरा नाम धीरानंद स्वामी है।"

यह कहकर धीरानंद आगे-आगे चले और कल्याणी के साथ महेंद्र पीछे-पीछे। धीरानंद ने एक बड़ी-सी दुर्गम राह से उन्हें जंगल से बाहर कर दिया और आगे की राह बता दी। इसके बाद वे फिर जंगल में पलटकर गायब हो गए।

आनंदवन से बाहर निकल आने पर कुछ दूर तक राह चलने में तो जंगल उनके एक बाजू रहा। जंगल की बगल से ही शायद वह राह गई है। एक जगह जंगल में से ही एक छोटी नदी कल-कल करती बहती है। जल बहुत ही साफ है, लेकिन देखने पर जंगल की छाया से जल भी काला दिखाई देता है। नदी के दोनों बाजू सघन बड़े-बड़े वृक्ष मनोरम छाया किए हुए हैं, विभिन्न पक्षी उन पेड़ों पर बैठे कलरव कर रहे हैं। उनका कलरव-कूजन, नदी की कल-कल ध्वनि से मिलकर अपूर्व श्रुतिमधुर जान पड़ता है। वैसे ही वृक्ष के रंग से नदी-जल का रंग भी वैसा ही झलक रहा है। कल्याणी का मन भी शायद उस रंग में मिल गया।

कल्याणी नदी तट के एक वृक्ष से लगकर बैठ गई। उन्होंने अपने पति को भी बैठने को . । कल्याणी अपने पति के हाथों को अपने हाथों में लिए बैठी रही, फिर " आज बहुत उदास देखती हूं। विपद जो आई थी, उससे तो उद्धार मिल गया , अब इतना दु:ख क्यों?"

महेंद्र ने एक ठंडी सांस लेकर कहा–"मैं अब अपने आपे में नहीं हूं। मैं क्या करूं–कुछ समझ में नहीं आता।"

कल्याणी–क्यों?

महेंद्र–तुम्हारे खो जाने पर मेरा क्या हाल हुआ, सुनो!

यह कहकर महेंद्र ने अपनी सारी कहानी सविस्तार वर्णन कर दी।

कल्याणी ने कहा–"मुझे भी बड़ी विपदा का सामना करना पड़ा, बहुत तकलीफ उठाई। तुम उन्हें सुनकर क्या करोगे! इतने दु:खों पर भी मुझे कैसे नींद आई थी, कह नहीं सकती–कल आखिरी रात भी मैं सोई थी। नींद में मैंने स्वप्न देखा। देखा–नहीं कह सकती, किस पुण्यबल से मैं एक अपूर्व स्थान में पहुंच गई हूं। वहां मिट्टी नहीं है, केवल प्रकाश–अति शीतल–बादल हट जाने पर जैसा प्रकाश रहता है, वैसा ही प्रकाश! वहां मनुष्य नहीं थे, केवल प्रकाशमय मूर्तियां थीं, वहां शब्द नहीं होता था, केवल दूर अपूर्व संगीत जैसी ध्वनि सुनाई पड़ती थी। सदाबहार मल्लिका-मालती-गंधराज की अपूर्व सुगंध फैली थी। वहां सबसे ऊंचे दर्शनीय

स्थान पर कोई बैठा था मानो आग में तपा हुआ नील-कमल धधकता हुआ बैठा हो। उसके माथे पर सूर्य के प्रकाश जैसा मुकुट था; उसके चार हाथ थे। उसके दोनों बाजू कौन था, मैं पहचान न सकी, लेकिन कोई स्त्रीमूर्ति थी। उनमें इतनी ज्योति, इतना रूप, इतना सौरभ था कि मैं उधर देखते ही विह्वल हो गई–उधर ताक न सकी, देख न सकी कि वे कौन हैं ? उन्हीं चतुर्भुज के सामने एक स्त्री और खड़ी थी–वह भी ज्योतिर्मयी थी, लेकिन चारों तरफ मेघ जैसा छाया था, आभा पूरी तरह दिखाई नहीं देती थी। अस्पष्ट रूप में जान पड़ता था कि वह नारीमूर्ति अति दुर्बल, मर्मपीड़ित, अनन्य सुंदरी, लेकिन रो रही है। वहां के मंद-सुगंध पवन ने मानो मुझे घुमाते-फिराते वहां चतुर्भुज मूर्ति के सामने ला खड़ा किया। उस मेघमंडिता दुर्बल स्त्री ने मुझे देखकर कहा–'यही है, इसी के कारण महेंद्र मेरी गोद में नहीं आता है।'

''इसके बाद ही एक अपूर्व वंशी जैसी मधुर ध्वनि सुनाई पड़ी। वह शब्द उन चतुर्भुज का था, उन्होंने मुझे कहा–'तुम अपने पति को मेरे पास छोड़कर चली जाओ! यह तुम लोगों की मां है, महेंद्र इनकी सेवा करेगा। तुम यदि पति के पास रहोगी तो वह इनकी सेवा न कर सकेगा। तुम चली जाओ।' मैंने रोकर कहा–'पति को छोड़कर मैं कैसे चली जाऊं?' इसके बाद ही फिर उसी अपूर्व स्वर में उन्होंने कहा–'मैं ही स्वामी, मैं ही पुत्र, मैं ही माता, मैं ही पिता और मैं ही कन्या हूं, मेरे पास आओ!' मैंने क्या उत्तर दिया, मुझे याद नहीं, लेकिन इसके बाद ही नींद खुल गई।'' यह कहकर कल्याणी चुप हो रही।

महेंद्र विस्मित, स्तंभित होकर चुप हो गए। ऊपर पेड़ पर कोई पक्षी बोल उठा, पपीहा अपनी बोली से आकाश गुंजाने लगा, कोकिल सप्त स्वरों में गाने लगी, भृंगराज की झंकार से जंगल गूंज उठा। पैरों के नीचे तरिणी मृदु कल्लोल कर रही थी। बहुतेरे वन्य पुष्पों के सौरभ से मन हरा हो रहा था। कहीं-कहीं नदी-जल को सूर्यरश्मि चमका रही थी। कहीं ताड़ के पत्ते हवा के झोंकों से मरमरा रहे थे। दूर नीली पर्वत श्रेणी दिखाई पड़ रही थी। दोनों ही जन मुग्ध-नीरव हो यह सब देखते रहे। बहुत देर बाद कल्याणी ने फिर पूछा–''क्या सोच रहे हो ?''

महेंद्र–सोचता हूं कि क्या करना चाहिए? यह स्वप्न केवल विभीषिका-मात्र है, अपने ही हृदय में पैदा होकर अपने ही में लीन हो जाता है। चलो, घर चलें!

कल्याणी–जहां ईश्वर तुम्हें जाने को कहते हैं, तुम वहीं जाओ!

यह कहकर कल्याणी ने कन्या अपने पति की गोद में दे दी। महेंद्र ने उसे अपनी गोद में लेकर पूछा–''और तुम...तुम कहां जाओगी?''

कल्याणी अपने दोनों हाथों से दोनों आंखों को ढके हुए, साथ ही मस्तक पकड़े हुए बोली–"मुझे भी भगवान ने जहां जाने को कहा है, वहीं जाऊंगी।"

महेंद्र चौंक उठे, बोले–"वहां कहां? कैसे जाओगी?"

कल्याणी ने अपने पास की वही जहर की डिबिया दिखाई।

महेंद्र ने डरते हुए भौचक्का होकर कहा–"यह क्या? जहर खाओगी?"

कल्याणी–मन में तो सोचा था खाऊंगी, लेकिन...।

कल्याणी चुप होकर विचार में पड़ गई, महेंद्र उसका मुंह ताकते रहे–प्रति निमेश वर्ष-सा प्रतीत होने लगा। उन्होंने देखा कि कल्याणी ने बात पूरी न कही, अत: बोले–"लेकिन के बाद आगे क्या कह रही थी?"

कल्याणी–मन में था कि खाऊंगी लेकिन तुम्हें छोड़कर, सुकुमारी कन्या को छोड़कर बैकुंठ जाने की भी मेरी इच्छा नहीं होती। मैं न मरूंगी!

यह कहकर कल्याणी ने विष की डिबिया जमीन पर रख दी। इसके बाद दोनों ही स्त्री-पुरुष भूत-भविष्य की अनेक बातें करने लगे। बातें करते हुए दोनों ही अन्यमनस्क हो उठे। इसी समय खेलते-खेलते सुकुमारी कन्या ने विष की डिबिया उठा ली। उसे किसी ने न देखा।

सुकुमारी ने मन में सोचा कि बढ़िया खेलने की चीज है। उसने इस डिबिया को एक बार बाएं हाथ में लेकर दाहिने हाथ से खींचा, फिर दाहिने हाथ से पकडकर बाएं हाथ से खींचा। इसके बाद दोनों हाथों से उसे खींचना शुरू किया। फल यह हुआ कि डिबिया खुल गई, उसमें से जहर की टिकिया बाहर गिर पड़ी।

पिता के कपड़े के ऊपर वह टिकिया गिरी–सुकुमारी ने उसे देखा, मन में सोचा कि यह एक दूसरी खेलने की चीज है। डिबिया के दोनों ढक्कन उसने छोड़ दिए और उस टिकिया को उठा लिया।

डिबिया को सुकुमारी ने मुंह में क्यों नहीं डाला, नहीं कहा जा सकता, लेकिन टिकिया में उसने जरा भी विलंब न किया।

'प्राप्तिमात्रेण भोक्तव्य'–सुकुमारी ने उस जहर की टिकिया को मुंह में डाल लिया।

"क्या खाया? अरे क्या खाया! गजब हो गया!"

यह कहती हुई कल्याणी ने कन्या के मुंह में उंगली डाल दी। उसी समय दोनों ने देखा कि विष की डिबिया खाली पड़ी हुई है।

सुकुमारी ने सोचा कि यह भी खेल की चीज है, अत: उसने उसे दांतों से दबा लिया और माता का मुंह देखकर मुस्कराने लगी, लेकिन जान पड़ता है, इसी समय

जहर का कड़वा स्वाद उसे मालूम पड़ा और उसने मुंह बिगाड़कर खोल दिया–वह टिकिया दांतों में चिपकी हुई थी। माता ने तुरंत निकालकर उसे जमीन पर फेंक दिया। लड़की रोने लगी।

टिकिया उसी तरह पड़ी रही। कल्याणी तुरंत नदी तट पर जाकर अपना आंचल भिगो लाई और लड़की के मुंह में जल देकर उसने धुलवा दिया।

बड़ी ही कातर वाणी से कल्याणी ने महेंद्र से पूछा-''क्या कुछ पेट में गया

बुरी बात ही मां-बाप के मुंह से पहले निकलती है–जहां अधिक प्रेम होता है, वहां भय भी बहुत अधिक होता है।

महेंद्र ने यह कभी देखा न था कि टिकिया पहले कितनी बड़ी थी। अब उन्होंने टिकिया अपने हाथ में उठाकर उसे देखते हुए कहा–''मालूम तो होता है कि कुछ खा गई है।''

कल्याणी को भी कुछ ऐसा ही विश्वास हुआ। टिकिया हाथ में लेकर बहुत देर तक वह भी उसकी जांच करती रही। इधर कन्या ने दो-एक घूंट रस जो चूस लिया था, उससे उसकी दशा बिगड़ने लगी–वह छटपटाने लगी, रोने लगी, अंत में कुछ बेहोश-सी हो गई।

कल्याणी ने पति से कहा–''अब क्या देखते हो? जिस राह पर भगवान ने बुलाया है, उसी राह पर सुकुमारी चली। मुझे भी वही राह लेनी पड़ेगी।''

यह कहकर कल्याणी ने उस टिकिया को उठाकर मुंह में डाल लिया और एक क्षण में निगल गई।

महेंद्र रोने लगे–''क्या किया कल्याणी! अरे तुमने यह क्या किया है?''

कल्याणी ने कोई उत्तर न देकर पति के पैरों की धूलि माथे लगाई, फिर बोली–''प्रभु! बात बढ़ाने से बात बढ़ेगी...मैं चली।''

''कल्याणी! यह क्या किया?'' कहकर महेंद्र चिल्लाकर रोने लगे।

बडे ही धीमे स्वर में कल्याणी बोली–''मैंने अच्छा ही किया है, इस नाचीज औरत के पीछे तुम अपनी मातृभूमि की सेवा से वंचित रहते। देखो, मैं देववाक्य का उल्लंघन कर रही थी, इसलिए मेरी कन्या गई। थोड़ी और अवहेलना करने से तुम पर विपत्ति आती।''

महेंद्र ने रोते हुए कहा–''अरे, तुम्हें कहीं बैठाकर मैं चला जाता कल्याणी! कार्य सिद्ध हो जाने पर फिर हम लोग मिलकर सुखी होते। कल्याणी! मेरी सर्वस्व!

तुमने यह क्या किया! जिस भुजा के बल पर मैं तलवार पकड़ता, हाय! तुमने वही भुजा काट दी। तुम्हें खोकर मैं क्या जीवित रह पाऊंगा।''

कल्याणी–कहां मुझे ले जाते? वहां स्थान है? मां-बाप, सगे-संबंधी सब इस दुर्दिन में चले गए हैं। किसके घर में जगह है, कहां जाने का विचार है? कहां ले जाओगे? मैं कालग्रह हूं–मैंने मरकर अच्छा ही किया है! मुझे आशीर्वाद दो, मैं उस आलोकमय लोक में जाकर तुम्हारी प्रतीक्षा में रहूं और फिर तुम्हें पाऊं।

यह कहकर कल्याणी ने फिर स्वामी का पदरेणु ग्रहण किया।

महेंद्र कोई उत्तर न देकर रोते ही रहे

कल्याणी फिर अति मृदु, अति मधुर, अतीव स्नेहमय कंठ से बोली–''देखो, देवताओं की इच्छा, किसकी मजाल है कि उसका उल्लंघन कर सके! मुझे जाने की आज्ञा उन्होंने दी है, तो क्या मैं किसी तरह भी रुक सकती हूं? मैं स्वयं न मरती तो कोई मार डालता! मैंने आत्महत्या कर अच्छा ही किया है। तुमने देशोद्धार का जो व्रत लिया है, उसे तन-मन-धन से पूरा करो–इसी में तुम्हें पुण्य होगा–इसी पुण्य से मुझे भी स्वर्गलाभ होगा। हम दोनों ही साथ-साथ अक्षय स्वर्गसुख का उपभोग करेंगे।''

इधर बालिका एक बार दूध को उल्टी कर संभलने लगी। उसके पेट में जिस परिमाण में विष गया था, वह घातक नहीं था, लेकिन महेंद्र का ध्यान उस समय उधर न था। उन्होंने कन्या को कल्याणी की गोद में दे दोनों का प्रगाढ़ आलिंगन कर फूट-फूटकर रोना शुरू किया। उसी समय वन में से मधुर किंतु मेघ-गंभीर शब्द सुनाई पड़ने लगा–

''हरे मुरारे मधुकैटभारे!
गोपाल गोविंद मुकुंद शौरे!''

उस समय कल्याणी पर विष का प्रभाव हो रहा था, चेतना कुछ लुप्त हो चली थी। उन्होंने अवचेतन मन से सुना मानो बैकुंठ से यह अपूर्व ध्वनि उभरकर गूंज रही है–

''हरे मुरारे मधुकैटभारे!
गोपाल गोविंद मुकुंद शौरे!''

तब कल्याणी ने अप्सरानिंदित कंठ से बड़े ही मोहक स्वर में गाया–

''हरे मुरारे मधुकैटभारे!''

वह महेंद्र से बोली–''कहो, हरे मुरारे मधुकैटभारे!''

वन में गूंजने वाले मधुर स्वर और कल्याणी के मधुर स्वर पर विमुग्ध होकर कातर हृदय से एकमात्र ईश्वर को ही सहाय समझकर महेंद्र ने भी पुकारा–

"हरे मुरारे मधुकैटभारे!"

तब मानो चारों तरफ से ध्वनि गुंजायमान होने लगी–

"हरे मुरारे मधुकैटभारे!"

और मानो वृक्ष के पत्तों से भी आवाज निकलने लगी–

"हरे मुरारे मधुकैटभारे!"

नदी की कल-कल ध्वनि में भी वही शब्द हुआ–

"हरे मुरारे मधुकैटभारे!"

अब महेंद्र अपना शोक संताप भूल गए, उन्मत्त होकर वे कल्याणी के साथ एक स्वर से गाने लगे–

"हरे मुरारे मधुकैटभारे!"

जंगल में से भी उसके स्वर से मिली हुई वाणी निकली–

"हरे मुरारे मधुकैटभारे!"

कल्याणी का कंठ क्रमश: क्षीण होने लगा, फिर भी वह पुकार रही थी–

"हरे मुरारे मधुकैटभारे!"

इसके बाद ही उसका कंठ क्रमश: निस्तब्ध होने लगा, कल्याणी के मुंह से अब शब्द नहीं निकलता–आंखें बंद हो गईं, अंग शीतल हो गए।

महेंद्र समझ गए कि कल्याणी ने "हरे मुरारे" कहते हुए बैकुंठ प्रयाण किया। इसके बाद ही पागलों की तरह उच्च स्वर से वन को कंपित करते हुए पशु-पक्षियों को चौंकाते हुए महेंद्र पुकारने लगे–

"हरे मुरारे मधुकैटभारे!"

इसी समय किसी ने आकर उनका आलिंगन किया और उसी स्वर में वह भी कहने लगा–

"हरे मुरारे मधुकैटभारे!"

तब उस अनंत ईश्वर की महिमा से, उस अनंत वन में अनंत पथगामी शरीर के सामने दोनों जन अनंत नामस्मरण करने लगे। पशु-पक्षी नीरव थे, पृथ्वी अपूर्व शोभामयी थी–इस परम पावन गीत के उपयुक्त मंदिर था वह।

सत्यानंद महेंद्र को बांहो में संभालकर बैठ गए।

7

इधर राजधानी की शाही राहों पर बडी हलचल उपस्थित हो गई। शोर मचने लगा कि नवाब के यहां से जो खजाना कलकत्ता आ रहा था, संन्यासियों ने सुरक्षाकर्मियों को मारकर सब छीन लिया। राजाज्ञा से सिपाही और बल्लमटेर संन्यासियों को पकड़ने के लिए छूटे। उस समय दुर्भिज्ञ-पीड़ित प्रदेश में वास्तविक संन्यासी रह ही न गए थे। कारण, वे लोग भिक्षाजीवी ठहरे, जनता स्वयं खाने को नहीं पाती तो उन्हें वह कैसे दे सकती है? अतएव जो असली संन्यासी भिक्षुक थे, वे लोग पेट की ज्वाला से व्याकुल होकर काशी-प्रयाग चले गए थे।

आज यह हलचल देखकर कितनों ने ही अपना संन्यासी वेष त्याग दिया। राज्य के भूखे सैनिक संन्यासियों को न पाकर घर-घर में तलाशी लेकर खाने और पेट भरने लगे। केवल सत्यानंद ने किसी तरह भी अपने गैरिक वस्त्रों का परित्याग न किया।

उसी कल्लोलवाहिनी नदी तट पर, शाही राह की बगल में ही पेड के नीचे कल्याणी पड़ी हुई है। महेंद्र और सत्यानंद परस्पर आलिंगनबद्ध होकर आंसू बहाते हुए भगवन्नाम-उच्चारण में लगे हुए हैं। उसी समय एक जमादार सिपाहियों का दल लिये हुए वहां पहुंच गया। संन्यासी के गले पर एक बारगी हाथ ले जाकर जमादार बोला–"यह साला संन्यासी है!"

इसी तरह एक दूसरे ने महेंद्र को पकड़ा। कारण, जो संन्यासी का साथी है, वह अवश्य संन्यासी होगा। तीसरा एक सैनिक घास पर पड़े हुए कल्याणी के शरीर की तरफ लपका–उसने देखा कि औरत मरी हुई है। उसने उसे छोड़ दिया। बालिका को भी यही सोचकर उसने छोड़ दिया। इसके बाद उन सबने और कुछ न कहा, तुरंत बांध लिया और ले चले दोनों जनों को।

कल्याणी की मृत देह और कन्या बिना रक्षक के पेड़ के नीचे पड़ी रहीं।

पहले तो शोक से अभिभूत और ईश्वर के प्रेन में उन्मत्त हुए महेंद्र प्राय: विचेतन अवस्था में थे–क्या हो रहा था, क्या हुआ–इसे वे कुछ समझ न सके, बंधन में भी उन्होंने कोई आपत्ति न की, लेकिन दो-चार कदम अग्रसर होते ही वे समझ गए कि ये सब मुझे बांधे लिये जा रहे हैं–कल्याणी का शरीर पड़ा हुआ है, उसका अंतिम संस्कार नहीं हुआ–कन्या भी पड़ी हुई है। इस अवस्था में उन्हें हिंस्र पशु खा सकते हैं। मन में यह भाव आते ही महेंद्र के शरीर में बल आ गया और उन्होंने कलाइयों को मरोड़कर बंधन को तोड डाला, फिर पास में चलते जमादार को इतनी जोर की लात लगाई कि वह लुढ़कता हुआ दस हाथ दूर चला गया। इसके बाद उन्होंने पास के एक सिपाही को उठाकर फेंका, लेकिन इसी समय पीछे के तीन सिपाहियों ने उन्हें पकड़कर फिर विवश कर दिया। इस पर दु:ख से कातर होकर महेंद्र ने संन्यासी से कहा–"आप जरा भी मेरी सहायता करते, तो मैं इन पांचों दुष्टों को यमद्वार भेज देता।"

सत्यानंद ने कहा–"मेरे इस बूढ़े शरीर में बल ही कहां है? मैं तो जिन्हें बुला रहा हूं, उनके सिवा मेरा कोई सहारा नहीं है। जो होना है–वह होकर रहेगा, तुम विरोध न करो। हम इन पांचों को पराजित कर न सकेंगे। देखें, ये हमें कहां ले जाते हैं। भगवान हर जगह रक्षा करेंगे!"

इसके बाद इन लोगों ने मुक्ति की फिर कोई चेष्टा न की, चुपचाप सिपाहियों के पीछे-पीछे चलने लगे। कुछ दूर जाने पर सत्यानंद ने सिपाहियों से पूछा–"बाबा! मैं तो हरिनाम कह रहा था, क्या भगवान का नाम लेने में भी कोई बाधा है?"

जमादार समझ गया कि सत्यानंद भले आदमी हैं। उसने कहा–"तुम भगवान

का नाम लो, तुम्हें रोकूंगा नहीं। तुम बूढ़े ब्रह्मचारी हो, शायद तुम्हारे छुटकारे का हुक्म हो जाएगा, मगर यह बदमाश फांसी पर चढ़ेगा!''

इसके बाद ब्रह्मचारी मृदु स्वर से गाने लगे–

''धीर समीरे तटिनी तीरे बसति बने बनबारी।
मा कुरु धनुर्धर गमन विलम्बनमतिविधुरा सुकुमारी॥''

नगर में पहुंचने पर वे लोग कोतवाल के सम्मुख उपस्थित किए गए। कोतवाल ने नवाब के पास इत्तिला भेजकर सुबह उन्हें फाटक के पास की हवालात में रखा। वह कारागार अति भयानक था। जो उसमें जाता था, प्राय: बाहर नहीं निकलता था, क्योंकि कोई विचार करने वाला ही न था। वह अंग्रेजों का जेलखाना नहीं था और न उस समय अंग्रेजों के हाथ में न्याय था। आज कानूनों का युग है–उस समय अनियम के दिन थे। कानून के युग से जरा तुलना तो करो!

रात हो गई। कारागार में कैद सत्यानंद ने महेंद्र से कहा–''आज बड़े आनंद का दिन है। कारण, हम लोग कारागार में कैद हैं। कहो–''हरे मुरारे!''

महेंद्र ने बड़े कातर स्वर में कहा- ''हरे मुरारे!''

सत्यानंद–कातर क्यों होते हो बेटे! तुम्हारे इस महाव्रत को ग्रहण करने पर तुम्हें स्त्री कन्या का त्याग तो करना ही पड़ता, फिर तो कोई संबंध रह न जाता।''

महेंद्र–त्याग एक बात है, यमदंड दूसरी बात! जिस शक्ति के सहारे मैं यह व्रत ग्रहण करता, वह शक्ति मेरी स्त्री–कन्या के साथ ही चली गई।

सत्यानंद–शक्ति आएगी–मैं शक्ति हूं! महामंत्र से दीक्षित होओ, महाव्रत ग्रहण करो।

महेंद्र ने विरक्त होकर कहा–'मेरी स्त्री और कन्या को सियार और कुत्ते खाते होंगे–मुझसे किसी व्रत की बात न कहिए!''

सत्यानंद–इस बारे में चिंता मत करो! संतानों ने तुम्हारी स्त्री की अंत्येष्टि क्रिया करके तुम्हारी लड़की को उपयुक्त स्थल में रख छोड़ा है।

महेंद्र विस्मित हुए, उन्हें इस बात पर जरा भी विश्वास न हुआ। उन्होंने पूछा–''आपने कैसे जाना? आप तो बराबर मेरे साथ हैं।''

सत्यानंद बोले–''हम महामन्त्र से दीक्षित हैं–देवता हमारे प्रति दया करते हैं आज रात को तुम यह संवाद सुनोगे और आज ही तुम कैदखाने से छूट भी जाओगे''।

महेंद्र कुछ न बोला। सत्यानंद ने समझ लिया कि महेंद्र को मेरी बातों का

विश्वास नहीं होता, तब सत्यानंद बोले–"तुम्हें विश्वास नहीं होता? परीक्षा करके देखो!" यह कहकर सत्यानंद कारागार के द्वार तक आए। क्या किया, यह महेंद्र को कुछ मालूम न हुआ, पर यह जान गए कि उन्होंने किसी से बातचीत की है। उनके लौट आने पर महेंद्र ने पूछा–"क्या परीक्षा करूं?"

सत्यानंद–तुम अभी कारागार से मुक्ति-लाभ करोगे?

उसके यह बात कहते-कहते कारागार का दरवाजा खुल गया। एक व्यक्ति ने घर के भीतर आकर कहा–"महेंद्र किसका नाम है?"

महेंद्र ने उत्तर दिया–"मेरा नाम है।"

आगंतुक ने कहा–"तुम्हारी रिहाई का हुक्म हुआ है, तुम जा सकते हो।"

महेंद्र पहले तो आश्चर्य में आए। फिर सोचा, झूठी बात है। अतः परीक्षार्थ वे बाहर आए। किसी ने उनकी राह न रोकी। महेंद्र शाही सड़क तक चले गए।

आगंतुक–महाराज! आप क्यों नहीं जाते? मैं आपके लिए ही आया हूं।

सत्यानंद–तुम कौन हो? गोस्वामी धीरानंद?

धीरानंद–जी हां!

सत्यानंद–प्रहरी कैसे बने?

धीरानंद–भवानंद ने मुझे भेजा है। मैं नगर में आने के बाद और यह सुनकर कि आप इस कारागार में हैं, अपने साथ धतूरा मिली थोड़ी विजया ले आया था। यहां पहरे पर जो खां साहब थे, वह उसके नशे में जमीन पर पड़े सो रहे हैं। यह जमा-जोड़ा, पगड़ी, भाला जो कुछ मैंने पाया है, यह सब उन्हीं का है।

सत्यानंद–तुम यह सब पहने हुए नगर के बार चले आओ। मैं इस तरह न आऊंगा।

धीरानंद–लेकिन...ऐसा क्यों?

सत्यानंद–आज संतान की परीक्षा है।

महेंद्र वापस आ गए।

सत्यानंद ने पूछा–"वापस क्यों आ गए?"

महेंद्र–आप निश्चय ही सिद्ध पुरुष हैं, लेकिन मैं आपका साथ छोड़कर न जाऊंगा।

सत्यानंद–ठीक है! हम दोनों ही आज रात दूसरी तरह से बाहर होंगे।

धीरानंद बाहर चले गए। सत्यानंद और महेंद्र कारागार में ही रहे।

8

ब्रह्मचारी का गाना बहुतों ने सुना और लोगों के साथ जीवानंद के कानों में भी वह गाना पहुंचा।

महेंद्र की रक्षा में रहने का उन्हें आदेश मिला था—यह पाठकों को शायद याद होगा।

राह में एक स्त्री से मुलाकात हो गई। सात दिनों से उसने कुछ खाया न था, राह-किनारे पड़ी थी। उसे जीवनदान देने में जीवानंद को एक घंटे की देर लग गई।

स्त्री को बचाकर, विलंब होने के कारण उसे गालियां देते हुए जीवानंद आ रहे थे। देखा, प्रभु को यवन सैनिक पकड़कर लिये जाते हैं–स्वामीजी गाना गाते हुए चले आ रहे हैं–

''धीर समीरे तटिनी तीरे बसति बने बनबारी... ।''

जीवानंद महाप्रभु स्वामी के सारे संकेतों को समझते थे।

नदी के किनारे कोई दूसरी स्त्री बिना खाए-पीए तो नहीं पडी हुई है? सोच-विचारकर जीवानंद नदी के किनारे चले।

जीवानंद ने देखा था कि ब्रह्मचारी यवन सैनिकों द्वारा स्वयं गिरफ्तार होकर चले जा रहे हैं। अत: ब्रह्मचारी का उद्धार करना ही जीवानंद का प्रथम कर्तव्य था, लेकिन जीवानंद ने सोचा–'इस संकेत का तो यह अर्थ नहीं है। उनकी जीवन रक्षा से भी बढ़कर है, उनकी आज्ञा का पालन–यही उनकी पहली शिक्षा है। अत: उनकी आज्ञा का ही पालन करूंगा।'

नदी के किनारे-किनारे जीवानंद आगे बढ़े। जाते-जाते उसी पेड के नीचे नदी तट पर देखा कि एक स्त्री की मृतदेह पड़ी हुई है और एक जीवित कन्या उसके पास है।

पाठकों को स्मरण होगा कि महेंद्र की स्त्री-कन्या को जीवानंद ने एक बार भी नहीं देखा था। उन्होंने मन में सोचा–हो सकता है, यही महेंद्र की स्त्री-कन्या हो! क्योंकि प्रभु के साथ ही उन्होंने महेंद्र को देखा था। जो हो, माता मृत और कन्या जीवित है। पहले इनकी रक्षा का प्रयास ही करना चाहिए, अन्यथा इन्हें बाघ-भालू खा जाएंगे। भवानंद स्वामी भी कहीं पास ही होंगे, वे स्त्री का अंतिम संस्कार करेंगे–यह सोचकर जीवानंद कन्या को गोद में लेकर चल दिए।

लड़की को गोद में लेकर जीवानंद गोस्वामी उसी जंगल में घुसे। जंगल पार कर वे एक छोटे-से गांव भैरवीपुर में पहुंचे। अब लोग उसे भरूईपुर कहते हैं। भरूईपुर में थोड़े-से सामान्य लोगों की बस्ती है। पास में और कोई बड़ा गांव भी नहीं है। गांव पार करते ही फिर जंगल मिलता है।

चारों तरफ जगल और बीच में वह छोटा गाव है, लेकिन गांव है बडा सुंदर। कोमल तृण से भरी हुई गोचर भूमि है, कोमल श्यामल पल्लवयुक्त आम, कटहल, जामुन, ताड़ आदि के बगीचे हैं। बीच में नीले-स्वच्छ जल से परिपूर्ण तालाब है। जल में बक, हंस डाहुक आदि पक्षी, तट पर पपीहा, कोयल, चक्रवाक हैं। कुछ दूर पर मोर पंख फैलाकर नाच रहे हैं। घर-घर के आंगन में गाय, बछड़े, बैल हैं, लेकिन

आजकल गांव में धान नहीं है। किसी के दरवाजे पर पिंजडे में तोता है, तो किसी के यहां मैना। भूमि लिपी-पुती स्वच्छ है।

मनुष्य प्राय: सभी दुर्भिक्ष के कारण दुर्बल, क्लांत और मलिन दिखाई देते हैं, फिर भी ग्रामवासियों में श्री है। जंगल में अनेक तरह के जंगली खाद्य पैदा होते हैं। अत: गांव के लोग वहां से फल-फूल लाते हैं और वही खाकर इस दुर्भिक्ष में भी अपने प्राण बचाए हुए हैं।

एक बड़े आम के बगीचे के बीच एक छोटा-सा घर है। चारों तरफ मिट्टी की चहारदीवारी है और चारों कोनों पर एक-एक कमरा है। गृहस्थ के पास गाय-बकरी है, एक मोर , एक मैना है, एक तोता है। एक बंदर भी था, लेकिन उसे खाना न मिलने के कारण छोड़ दिया गया है। धान कूटने की एक ढेंकी है। बाहर बैल बंधे हैं, बगल में नीबू का पेड़ है। मालती-जूही की लताएं हैं अर्थात् गृहस्थ सुरुचि-संपन्न है, लेकिन घर में प्राणी अधिक नहीं हैं। जीवानंद कन्या को लिये हुए घर के अंदर चले गए।

में पहुंचते ही जीवानंद ने आंगन के ओसरे में रखे चरखे को उठा लिया और भनन्-भनन् उसे चलाने लगे। छोटी लड़की ने चरखे की आवाज कभी सुनी न थी। विशेषत: माता से बिछुड़ने के बाद से वह रो रही थी। चरखे की आवाज सुनकर वह भयभीत हो और सप्तम स्वर में गला ऊंचा कर रोने लगी। रोने की आवाज सुनकर एक कमरे से सत्रह-अट्ठारह वर्ष की युवती बाहर आई। युवती बाएं हाथ पर बायां गाल रखे, गरदन झुकाए ही खड़ी होकर देखने लगी, बोली– 'यह क्या दादा! चरखा क्यों कात रहे हो? यह लड़की कहां से पाई दादा? तुम्हें लड़की हुई है क्या? दूसरी शादी की है क्या?''

जीवानंद उठे और लड़की को उसकी गोद में देकर चपत मारते हुए बोले–''बंदरी कहीं की! मुझे रंडुआ-भंडुआ समझ लिया है क्या? घर में दूध है?''

इस पर युवती ने कहा–''भला दूध क्यों न होगा? लाऊं, पिओगे?''

जीवानंद ने कहा–''हां पिऊंगा!''

आश्वस्त होकर युवती घर में दूध गरम करने लगी, तब तक जीवानंद बैठकर चरखा कातने लगे।

लड़की ने युवती की गोद में जाकर रोना बंद कर दिया था। उसने क्या समझा, नहीं कहा जा सकता। शायद इस युवती के खिले पुष्प देखकर सोचा हो कि यही मेरी मां है। वह केवल एक बार रोई वह भी शायद आग की आंच खाकर।

लड़की का रोना सुनकर जीवानंद ने आवाज लगाई–"अरे निम्मी! अरी कलमुंही बंदरी! तेरा दूध गरम नहीं हुआ क्या?"

उसने वहीं से उत्तर दिया–"हो गया।"

यह कहकर वह एक पथरी में दूध ढालकर जीवानंद के पास लाकर रखते हुए बैठ गई।

जीवानंद ने बनावटी क्रोध दिखाकर कहा–"मन करता है, यही गरम दूध की पथरी तेरे ऊपर उंडेल दूं। तूने क्या समझा कि मैं पियूंगा?"

निम्मी ने पूछा–"तब कौन पिएगा?"

जीवानंद बोले–"यह लड़की पिएगी। देखती नहीं, अभी दूध पीने वाली निरी बच्ची है!"

यह सुनकर निम्मी पालथी मारकर कन्या को गोद में लेकर चम्मच से दूध पिलाने बैठी।

एकाएक निम्मी की आंखों से कई बूंद आंसू ढुलक पड़े। बात यह थी कि उसे पहले एक बालक हुआ था, जो मर गया था। उसे इस तरह दूध पिलाने में अपने बच्चे की याद आ गई।

निम्मी ने तुरंत अपने आंसू पोंछकर हंसते-हंसते जीवानंद से पूछा–"दादा! बताओ, यह किसकी लड़की है?"

जीवानंद ने कहा–"अरी बंदरी! तुझे क्या पड़ी है?"

निम्मी ने कहा–"लड़की मुझे दोगे?"

जीवानंद–तू लेकर क्या करेगी?

निम्मी–मैं लड़की को दूध पिलाऊंगी, गोद में लेकर खिलाऊंगी और बड़ी करूंगी।

यह कहते-कहते निम्मी की आंखों से आंसू ढुलक पड़े। आंसू पोंछकर वह फिर दांत निकालकर हंसने लगी।

जीवानंद ने कहा–"तू लेकर क्या करोगी? तुझे आप ही कितने बाल-बच्चे

निम्मी–जब होंगे, तब होंगे, अभी इस लड़की को मुझे दे दो! न हो, बाद में फिर ले जाना।

जीवानंद–तो ले ले, लेकर मर! मैं बीच-बीच में आकर देख जाया करूंगा। यह कायस्थ की लड़की है। मैं अब चला...।

निम्मी–वाह दादा! भला खाना नहीं खाओगे? समय हो गया, तुम्हें मेरी कसम, खाना खाकर तब जाना।

जीवानंद–तेरी कसम टालकर तुझे खाऊं या भात खाऊं! फिर बोले-"रहने दे, तुझे न खाऊंगा. भात ही खाऊंगा, ला भात!"

निम्मी कन्या को गोद में लिये हुए खाना परोसने में व्यस्त हो गई। पहले उसने जगह पानी से धो-पोंछ दी। इसके बाद पीढ़ा-पानी रखकर एक थाली में भात, अरहर की दाल. परवल की तरकारी, रोहू मछली का रसा और दूध लाकर रख दिया।

खाने के लिए बैठकर जीवानंद ने कहा–"निमाई बहन! कौन कहता है कि देश में अकाल है? तेरे गांव में शायद अकाल घुसा ही नहीं!"

निम्मी बोली–"भला अकाल क्यों न होगा–भयंकर अकाल है! हम लोग दो ही प्राणी तो हैं. बहुत कुछ है, दे–दिलाकर भी भगवान एक मुट्ठी चना ही देते हैं। हम लोगों के गांव में पानी कब बरसा था–याद नहीं है। तुम्हीं तो कह गए थे कि वन में पानी बरस रहा है. यहां भी बरसेगा! इसलिए हमारे गांव में धान हो गया। गांव वाले और लोग तो शहर में चावल बेच आए, हम लोगों ने नहीं बेचा।"

जीवानंद ने पूछा–"जीजाजी कहां हैं?"

निम्मी ने गरदन टेढ़ी कर कहा–"दो-तीन सेर चावल बांधकर क्या जाने किसको देने गए हैं। किसी ने चावल मांगा था।"

इधर जीवानंद के भाग्य में ऐसा भोजन कभी मिला न था। व्यर्थ बातचीत में समय न गंवाकर जीवानंद दनादन गपागप-सपासप आवाज करते हुए क्षण-भर में सारा भोजन उदरस्थ कर गए।

श्रीमती निमाई मणि ने केवल अपने और पति के लिए पकाया था, अपना हिस्सा उसने भाई को खिला दिया था, थाली सूनी देखकर शर्म से अपने पति का भी हिस्सा लाकर थाली में डाल दिया।

जीवानंद ने सब ख्याल छोड़कर उस स्वादिष्ट भोजन को भी उदर नामक महागर्त में भर लिया।

अब निम्मी ने पूछा–"दादा! और कुछ खाओगे?"

जीवानंद ने डकार लेते हुए कहा–"और क्या है?"

निम्मी बोली–"एक पक्का कटहल है।"

निम्मी ने कटहल भी ला रखा। विशेष कोई आपत्ति न कर जीवानंद गोस्वामी ने उसे भी ध्वंसपुर भेज दिया।

अब हंसकर निमाई ने पूछा–"दादा! और कुछ नहीं ?"

दादा ने कहा–"अब रहने दे, फिर किसी दिन आकर खाऊंगा।"

अंत में निम्मी ने दादा को हाथ-मुंह धोने को पानी दिया। जल डालते हुए निमाई ने पूछा–"दादा! मेरी एक बात रख लोगे ?"

जीवानंद–क्या ?

निम्मी–तुम्हें मेरी कसम!

जीवानंद–अरे बोल न कलमुंही!

निम्मी–बात रखोगे ?

जीवानंद–अरे पहले बता भी तो सही।

निम्मी–तुम्हें मेरी कसम, हाथ जोड़ती हूं।

जीवानंद–अरे बाबा, मंजूर है! बता तो सही, क्या कहती ?

अब निम्मी गरदन टेढ़ी कर एक हाथ से दूसरे हाथ की उंगली तोड़ती हुई, शरमाती हुई, कभी नीचे जमीन देखती हुई बोली–"एक बार भाभी बुला दूं, मुलाकात कर लो।"

जीवानंद ने हाथ धुलाने वाले लोटे को निम्मी पर मारने के लिए उठाया, फिर नाराजगी से बोले–"लौटा दे मेरी लड़की! तेरा अन्न भी किसी दिन वापस कर जाऊंगा। तू बंदरी है, कलमुंही है। तुझे जो बात न कहनी चाहिए बात मेरे सामने कहती है।"

निम्मी बोली–"अच्छा मैं ऐसी ही सही, पर भैया! एक बार ो, मैं भाभी को बुला लाऊं।"

जीवानंद–"तो लो, मैं जाता हूं।"

यह कहकर जीवानंद उठकर द्वार की तरफ बढ़े, किंतु शीघ्रता निम्मी ने दौड़कर किवाड़ बंद कर दिए और स्वयं किवाड़ से लगकर खड़ी हो गई, बोली–"मुझे मारकर ही बाहर जा सकते हो। भैया! आज भाभी से बिना मुलाकात किए जाने न पाओगे।"

जीवानंद बोले–"जानती है, आदमियों का शिकार करना ही मेरा काम है। मैंने अनेक आदमियों का शिकार किया है।"

अब निम्मी भी क्रोध में आ गई, बोली–"खूब शिकार किया! अपनी पत्नी का त्याग कर दिया और आदमियों की जान ली। क्या समझते हो, इससे मैं मान जाऊंगी ? बहुत करोगे तो मारोगे, लेकिन मैं डरने वाली नहीं हूं! तुम जिस बाप के

लड़के हो, मैं भी उसी बाप की लड़की हूं। आदमियों का खून करने में यदि बड़ाई की बात हो, तो मुझे भी मारकर बड़ाई प्राप्त करो।''

जीवानंद हंसकर बोले–''अच्छा बुला ला–किस पापिनी को बुलाएगी–जा बुला! लेकिन देख, आज के बाद कहेगी तो उस साले के भाई व साले को सिर मुंडाकर गधे पर चढ़ाकर गांव के बाहर निकलवा दूंगा।''

निम्मी ने मन ही मन सोचा–'हुई न मेरी जीत!'

यह सोचती हुई वह घर के बाहर निकल गई। इसके बाद वह पास ही एक कुटी में जा घुसी। कुटी में सैकड़ों पैबंद लगे हुए कपड़े पहने, रूक्ष-केशी एक युवती बैठी चरखा कात रही थी।

निमाई ने जाकर कहा–''भाभी! जल्दी करो।''

भाभी ने कहा–''जल्दी क्या? नन्दोई ने तुझे मारा है, तो उनके सर में तेल मलना है क्या?''

निम्मी–बात ठीक है। घर में तेल है?

उस युवती ने तेल की शीशी सामने खिसका दी। निमाई ने झट अंजली में उंडेलकर उस युवती के रूखे बालों में लगा दिया। इसके बाद झट जूड़ा बांध दिया, फिर चपत जमाकर बोली–''तेरी ढाके वाली साड़ी कहां रखी है, बोल?''

उस स्त्री ने कुछ आश्चर्य से कहा–''क्यों जी! कुछ पागल हो गई हो क्या?''

निम्मी ने एक मीठा घूंसा जमाकर कहा–''निकाल साड़ी, जल्दी!''

युवती ने साड़ी भी बाहर निकाल दी। तमाशा देखने के लिए क्योंकि इतनी तकलीफ पड़ने के बाद भी उसका सदा प्रफुल्ल रहने वाला हृदय अभी भी वैसा ही था। नवयौवन–फूले कमल जैसा उसकी नई उम्र का यौवन-तेल नहीं, सजावट नहीं, आहार नहीं, फिर भी उसी मैली पैबंद वाली धोती के अंदर से भी वह प्रदीप्त, अनुपमेय सौंदर्य फूट पड़ता था।

युवती के वर्ण में छायालोक की चंचलता, नयनों में कटाक्ष, अधरों पर हंसी, हृदय में धैर्य–मेघ में जैसे बिजली, जैसे हृदय में प्रतिमा, जैसे जगत के शब्दों में संगीत और भक्त के मन में आनंद होता है, वैसे ही उस रूप में भी कुछ अनिर्वचनीय गौरव भाग, अनिर्वचनीय प्रेम, अनिर्वचनीय भक्ति! उसने हंसते-हंसते (लेकिन उस हंसी को किसी ने देखा नहीं) साड़ी निकाल दी, फिर बोली–''निम्मी! भला बात तो बता, क्या होगी।''

निम्मी बोली–''दादा आए हैं। तुझे बुलाया है।''

युवती ने कहा–''अगर मुझे बुलाया है तो साड़ी की जरूरत क्या होगी? चल, इसी तरह चलूंगी।'' वह कहती जाती थी–''कभी कपड़े न बदलूंगी। चल, इसी तरह मिलना होगा।''

आखिर बहुत जतन करने के बावजूद किसी तरह भी उसने कपड़े बदले नहीं। अंत में दोनों कुटी से बाहर आईं।

निम्मी को भी राजी होना पड़ा। निमाई भाभी को लेकर अपने घर के दरवाजे तक आ गई।

इसके बाद भाभी को अंदर कर निम्मी ने दरवाजा बंद कर लिया और स्वयं बाहर खड़ी रही।

9

उस युवती की उम्र यद्यपि कोई पच्चीस वर्ष के लगभग है, लेकिन देखने में वह निमाई से अधिक उम्र की नहीं जान पड़ती। मैले पैबंद की धोती पहनकर भी, जब वह घर में घुसी तो जान पड़ा कि जैसे घर में उजाला हो गया। जान पड़ा, जैसे बहुतेरी कलियों का गुच्छा पत्तों से ढका रहने पर भी, पत्ते हटते ही खिल उठा हो और मानो गुलाबजल की शीशी एकाएक मुंह खुल जाने से महक गई हो—ऐसा प्रतीत हुआ मानो सुलगती हुई आग में किसी ने धूप-धुना छोड़ दिया हो और कमरे का वातावरण ही बदल जाए।

युवती ने पहले तो घर में घुसकर पति को देखा नहीं, फिर एकाएक निगाह पड़ी कि आंगन में लगे छोटे आम के नीचे खड़े होकर जीवानंद रो रहे हैं

युवती ने धीरे-धीरे उनके पास पहुंचकर उनका हाथ पकड़ लिया। यह कहना भूल होगी कि उसकी आंखों में जल नहीं आया। भगवान ही जानते हैं कि उसकी आंखों से आंसू की वह धारा निकलती कि शायद जीवानंद उसमें डूब जाते, लेकिन युवती ने अपनी आंखों में आंसू नहीं आने दिए। जीवानंद का हाथ पकड़कर उसने कहा–"छि: ! छि: ! रोते क्यों हो ? मैं समझी कि तुम मेरे लिए रोते हो। मेरे लिए न रोना! तुमने मुझे जिस तरह रखा है, मैं उसी में सुखी हूं।"

जीवानंद ने सिर उठाकर आंसू पोंछते हुए स्त्री से पूछा–"शांति! तुम्हारे शरीर पर यह सैकड़ों पैबंद की धोती क्यों है ? तुम्हें तो खाने-पहनने की कोई तकलीफ नहीं है!"

शांति ने कहा–"तुम्हारा धन तुम्हारे ही लिए है ? रुपये लेकर क्या करना चाहिए, मैं नहीं जानती। जब तुम आओगे–जब तुम मुझे ग्रहण करोगे...।"

जीवानंद–ग्रहण करूंगा शांति! मैंने क्या तुम्हें त्याग दिया है ?

शांति–त्यागा नहीं, जब तुम्हारा व्रत पूरा होगा, जब तुम फिर मुझे प्यार करोगे।

बात समाप्त होने से पहले ही जीवानंद ने शांति को छाती से लगा लिया और उसके कंधों पर माथा रख बहुत देर तक चुप रहे। इसके बाद एक ठंडी सांस लेकर बोले–"क्यों मुलाकात की ?"

शांति–क्या तुम्हारा व्रत भंग हो गया ?

जीवानंद–हां व्रत भंग, उसका प्रायश्चित्त भी है। उसके लिए शोक नहीं है, लेकिन तुम्हें देखकर तो फिर लौटते नहीं बन पड़ता। धर्म, अर्थ, काम, मोक्ष और सारा संसार, व्रत-होम, योग-यज्ञ ये सब एक तरफ हैं और दूसरी तरफ तुम हो। मैं किसी तरह भी समझ नहीं पाता हूं कि कौन-सा पलड़ा भारी है ? देश अशांत है, मैं देश लेकर क्या करूंगा ? तुम्हारे साथ एक बीघा भूमि लेकर भी बड़े आनंद से मेरा जीवन बीत सकता है। तुम्हें लेकर मैं स्वर्ग गढ़ सकता हूं। क्या करना है मुझे देश लेकर ? देश की उस संतान का अभाग्य है, जो तुम्हारे जैसी गृहलक्ष्मी प्राप्त कर भी सुखी न हो सके। मुझसे बढ़कर देश में कौन दुःखी होगा ? तुम्हारे शरीर पर ऐसा कपड़ा देखकर मुझे लोग देश में सबसे दरिद्र ही समझेंगे। मेरे सारे धर्मों की सहायता तो तुम हो, उसके सामने फिर सनातन धर्म क्या है ? मैं किस धर्म के लिए देश-देश, वन-वन बंदूक कंधे पर लेकर प्राणी-हत्या कर इस पाप का भार संग्रह करूं ? पृथ्वी

संतानों की होगी या नहीं, कौन जान्ता है? लेकिन तुम मेरी हो—तुम पृथ्वी से भी बड़ी हो—तुम्हीं मेरा स्वर्ग हो। चलो, घर चले, अब वापस न जाऊंगा!''

शांति कुछ देर तक बोल न सकी, फिर बोली—''छी: ! तुम वीर हो—मुझे इस पृथ्वी पर सबसे बड़ा सुख यही है के मैं वीर-पत्नी हूं! तुम अधम स्त्री के लिए वीर-धर्म का परित्याग करोगे? तुम अपने वीर-धर्म का कभी परित्याग न करना! देखो, मुझे एक बात बताते जाओ, इस व्रत के भंग का प्रायश्चित्त क्या है?''

जीवानंद ने कहा—''प्रायश्चित्त है—दान, उपवास और 12 कानी कौड़ियां।''

शांति मुस्कराई और बोली—' जो प्रायश्चित्त है, मैं जान्ती हूं, लेकिन एक अपराध पर जो प्रायश्चित्त है—वही क्या शत अपराधों पर भी है?''

जीवानंद ने विस्मित होकर कहा—''लेकिन यह सब क्यों पूछती हो?''

शांति—एक भिक्षा है। कहो—मेरे साथ बिना मुलाकात किए प्रायश्चित्त न करोगे!

जीवानंद ने हंसकर कहा—''इस बरे में निश्चित रहो—बिना तुम्हें देखे, मैं न मरूंगा। मरने की ऐसी कोई जल्दी भी नहीं है। अब मैं अधिक यहां न ठहरूंगा, लेकिन आंख भरकर तुम्हें देख न सका, फिर भी एक दिन अवश्य देखूंगा। एक दिन हम लोगों के मन की कामना जरूर पूरी होगी! मैं अब चला। तुम मेरे एक अनुरोध की रक्षा करना—इस वेश-भूषा का त्याग कर दो और मेरे पैतृक मकान में जाकर रहो।''

शांति ने पूछा—''इस समय कहां जाओगे?''

जीवानंद—इस समय मठ में ब्रह्मचारीजी की खोज में जाऊंगा। वे जिस भाव से नगर गए हैं, उससे कुछ चिंता होती है। मठ में मुलाकात न हुई तो नगर में जाऊंगा।

भवानंद मठ में बैठे हुए हरिगान में तल्लीन थे, ऐसे ही समय दु:खी चेहरे से ज्ञानानंद नामक एक तेजस्वी संतान उनके पास आ पहुंचे।

भवानंद ने कहा—''गोस्वामी! चेहरा इतना उतरा हुआ क्यों है?''

ज्ञानानंद ने कहा—''कुछ गड़बड़ी जान पड़ती है। कल के कांड से सरकारी आदमी जिसे हल्दी-गेरुआ वस्त्रधारी देखते हैं, उसे गिरफ्तार कर लेते हैं। करीब-करीब सभी संतानों ने आज अपना गैरिक वस्त्र उतार दिया है। केवल सत्यानंद प्रभु गेरुवा पहने हुए ही शहर की तरफ गए हैं। कौन जाने कहीं यवनों के हाथों पड़ जाएं!''

भवानंद बोले—''उन्हें बंदी कर रखे, बंगाल में अभी ऐसा कोई यवन नहीं है।

मैं जानता हूं, धीरानंद उसके पीछे-पीछे गए हैं, फिर भी मैं एक बार नगर में घूमने जाता हूं। मठ की रक्षा का भार में तुम्हें सौंपता हूं।"

यह कहकर भवानंद स्वामी ने एक अलग कोठरी में जाकर कितने ही तरह के कपड़े निकाले।

भवानंद जब उस कोठरी से निकले तो उन्हें पहचानना कठिन था। गेरुआ वस्त्रों के बदले इनके पैरों में चूड़ीदार पायजामा, शरीर पर अचकन, माथे पर कंगूरेदार पगड़ी और पैरों में नागौरी जूता था। अब उनके ललाट का चंदन-त्रिपुंड साफ हो गया था। उनका चेहरा अपूर्व शोभा पा रहा था। उन्हें देखने से किसी पठान जातीय व्यक्ति का ही भान होता था। इस तरह से सशस्त्र होकर भवानंद मठ से बाहर हुए। मठ के कोई एक कोस उत्तर में दो छोटी पहाड़ियां बगल-बगल में थीं। पहाड़ियां जंगल से भरी हुई थीं। वहीं एक निर्जन स्थान में संतानों की अश्वशाला थी। भवानंद ने वहां से एक घोडा निकाला और जीन आदि कसवाकर उस पर सवार हो, सीधे राजधानी की तरफ चल पड़े।

जाते-जाते एकाएक उनकी गति में बाधा पडी। उसी राह की बगल में नदी के किनारे वृक्ष के नीचे उन्होंने आकाश से गिरी बिजली की तरह दीप्तिमान एक स्त्री पड़ी हुई देखा। उन्होंने देखा, उसमें जीवन के कोई लक्षण दिखाई नहीं पड़ते–विष की खाली डिबिया पास में पड़ी हुई है। भवानंद विस्मित, क्षुब्ध और भीत हुए। जीवानंद की तरह भवानंद ने भी महेंद्र की स्त्री-कन्या को देखा न था। जीवानंद ने जिन कारणों से यह संदेह किया था कि यह महेंद्र की स्त्री-कन्या हो सकती है। भवानंद के सामने संदेह के लिए वे कारण भी न थे। उन्होंने ब्रह्मचारी और महेंद्र को बंदी रूप में ले जाते भी न देखा था। कन्या भी वहां न थी। केवल डिबिया देखकर उन्होंने समझा कि इस स्त्री ने विष खाकर आत्महत्या की है।

भवानंद उस शव के पास बैठ गए, बैठकर उसके माथे पर हाथ रखकर बहुत देर तक परीक्षा करते रहे। नाडी-परीक्षा, हृदय-परीक्षा आदि अनेक प्रकार से और दूसरे अपरिज्ञात तरीकों से परीक्षा कर मन-ही-मन कहा–'अभी मरी नहीं है–अभी भी समय है–बचाई जा सकती है, लेकिन बचाकर करना भी क्या है?' इस तरह कुछ क्षण तक विचार करते रहे और इसके बाद वे उठकर एकाएक वन के अंदर चले गए। वहां से वे एक लता की थोड़ी पत्ती तोड़ लाए। उन्हीं पत्तियों को हथेली पर मसलकर उन्होंने रस निकाला और उंगलियों से दांत खोल रस को मुंह में टपकाया, कान में डाला और थोड़ा मस्तक पर मल दिया। इसके बाद थोड़ा रस उन्होंने नाक में भी

डाल दिया। इसी तरह उन्होंने बार-बार किया और बीच-बीच में नाक के पास हाथ ले जाकर देखते जाते थे कि कुछ श्वास चली या नहीं। भवानंद को पहले-पहल तो निराशा होने लगी, लेकिन इसके बाद उनका मुंह प्रसन्नता से खिल उठा—उंगली पर नि:श्वास की हल्की अनुभूति हुई। उत्साहित हो उन्होंने बारंबार वही प्रक्रिया की, अब श्वास पूर्णतया आने-जाने लगे। नाड़ी देखी तो चल रही थी। इसके बाद ही क्रमशः प्रभातकालीन अरुणोदय की तरह, प्रभात के समय कमल खिलने की तरह, प्रथम प्रेमानुभव की तरह कल्याणी अपनी आंखें खोलने लगी। यह देखकर भवानंद ने कल्याणी के अर्धजीवित शरीर को घोड़े पर रखा और स्वयं पैदल ही नगर की तरफ निकल गए।

संध्या होने से पहले ही संतान संप्रदाय के सभी लोगों ने यह जान लिया कि महेंद्र के साथ सत्यानंद स्वामी गिरफ्तार होकर नगर की जेल में बंद हैं। इसके बाद ही एक-एक, दो-दो, दस-दस, सौ-सौ, हजार-हजार की संख्या में आकर संतानगण उसी मठ की चहारदीवारी से संलग्न वन में एकत्रित होने लगे। सभी सशस्त्र थे। सबकी आंखों से क्रोध की अग्नि निकल रही थी, चेहरे पर दृढ़ता और होंठो पर प्रतिज्ञा थी।

उन लोगों के काफी संख्या में जुट जाने पर मठ के फाटक पर हाथ में नंगी तलवार लिये हुए स्वामी ज्ञानानंद ने गगनभेदी स्वर में कहा—"अनेक दिनों से हम लोग विचार करते आते हैं कि इस नवाब का महल तोड़कर यवनपुरी का नाश कर नदी के जल में डुबा देंगे—इन यवनों के दांत तोड़कर इन्हें आग में जलाकर माता वसुमती का उद्धार करेंगे। भाइयो! आज वही दिन आ गया है। हम लोगों के गुरु के भी गुरु परम गुरु जो अनंत ज्ञानमय, सदा शुद्धाचारी, लोक-हितैषी और देश-हितैषी हैं—जिन्होंने सनातन धर्म की पुनः प्रतिष्ठा के लिए आमरण व्रत लिया है, प्रतिज्ञा की है—जिन्हें हम विष्णु के अवतार के रूप में मानते हैं, जो हमारी मुक्ति के आधार हैं—वही आज म्लेच्छ यवनों के कारागार में बंदी हैं। क्या हम लोगों की तलवार पर धार नहीं है?" बांह फैलाकर ज्ञानानंद ने कहा—"इन बाहुओं में क्या बल नहीं है?" छाती ठोककर वे पुनः बोले—"क्या इस हृदय में साहस नहीं? भाइयो! बोलो—हरे मुरारे मधुकैटभारे! जिन्होंने मधुकैटभ का विनाश किया है, जिन्होंने हिरण्यकशिपु, कंस, दंतवक्र, शिशुपाल आदि दुर्जय असुरों का निधन-साधन किया है, जिनके

चक्र के प्रचंड निर्घोष से मृत्युंजय शंकर भी भयभीत हुए थे, जो अजेय हैं, रण में विजयदाता हैं। हम उन्हीं के उपासक हैं। उनके ही बल से हमारी भुजाओं में अनंत बल है–वे इच्छामय हैं, उनके इच्छा करते ही हम रण-विजयी होंगे। चलो, हम लोग उस यवनपुरी का निर्दलन कर उसे धूलि में मिला दे। उस भूमि को अग्नि से शुद्ध कर नदी-जल में धो दें, उसका जर्रा-जर्रा उड़ा दें। बोलो–हरे मुरारे मधुकैटभारे!''

इसके साथ ही उस कानन में भीषण, आकाश कंपाने वाले वज्रनिर्घोष जैसी आवाज गूंज उठी–''हरे मुरारे मधुकैटभारे!''

सहस्रों कंठों के निर्घोष से आकाश कांपा, वसुंधरा डगमगाई। सहस्रों बाहुओं के घर्षण से असीम निनाद हुआ–हजारों ढालों की आवाज से कानों के परदे फटने लगे। कोलाहल करते हुए पशु-पक्षी जंगल से निकलकर भागे। इस तरह जंगल से श्रेणीबद्ध शिक्षित सेना की तरह संतानगण निकल पड़े। वे लोग मुंह से हरिनाम कहते हुए, मिलित पद-विक्षेप से नगर की तरफ चले। उस अंधेरी रात में पत्तों का मर्मर शब्द, अस्त्रों की झंकार, कंठों का अस्फुट स्वर, बीच-बीच में तुमुल स्वर में हरिनाम का जयघोष! धीरे-धीरे तेजस्वितापूर्वक सरोष संतानवाहिनी ने नगर में आकर नगर को त्रस्त कर दिया। इस अकस्मात् वज्राघात से नागरिक कहां, किधर भागे, पता न लगा। नगर-रक्षक हत्बुद्धि हो निश्चेष्ट हो गए।

इधर संतानों ने पहुंचते ही पहले राजकारागार में पहुंचकर उसे तोड़ डाला, रक्षकों को चटनी बना दिया और सत्यानंद तथा महेंद्र को मुक्त कर कंधों पर चढ़ाकर संतानगण आनंद से नृत्य करने लगे। हरिकीर्तन का अद्भुत दृश्य उपस्थित हो गया।

महेंद्र और सत्यानंद को मुक्त कर संतानों ने जहां-जहां यवनों का घर पाया, आग लगा दी। यह देखकर सत्यानंद ने कहा–''अनर्थक अनिष्ट की आवश्यकता नहीं। चलो, लौट चलो।''

नगर के अधिकारियों ने संतानों का यह उपद्रव सुनकर सिपाहियों का एक दल उनके दमन के लिए भेज दिया। उनके पास केवल बंदूकें ही नहीं थीं, एक तोप भी साथ में थी। यह खबर पाते ही संतानगण आनंद कानन से पलट पड़े, लेकिन लाठी, तलवार और छुरों से क्या हो सकता है? तोप के सामने ये लोग पराजित होकर भाग गए।

द्वितीय खंड

''वंदे मातरम्!
सुजलां सुफलां मलयजशीतलाम्
शस्यश्यामलां मातरम्...।
सप्तकोटिकंठ-कलकल निनादकराले,
द्विसप्तकोटि भुजैर्धृत खरकरवाले,
अबला केनो मां तुमि एतो बले!
बहुबलधारिणीम् नमामि तारिणीम्
रिपुदलवारिणीम् मातरम्॥
वंदे मातरम्!''

1

शांति को बहुत ही थोड़ी उम्र में, बचपन में ही मातृवियोग हो गया था। जिन उपादानों से शांति का चरित्र-गठन हुआ है, उनमें एक यह प्रधान है—उसके पिता एक ब्राह्मण अध्यापक थे। उनके घर में और कोई स्त्री न थी।

शांति के पिता जब पाठशाला में बालकों को पढ़ाते थे, तो स्वभावतः उनकी बगल में शांति भी आकर बैठ जाती थी। कितने ही छात्र तो पाठशाला में ही रहते थे; अन्य समय में शांति भी उन्हीं में मिलकर खेला करती थी।

कभी उनकी पीठ पर चढती थी, कभी गोद में बैठकर खेलती थी। वे लोग भी शांति का आदर करते थे।

इस तरह बचपन से ही पुरुष-साहचर्य का प्रथम प्रतिफल तो यह हुआ कि शांति ने लड़कियों की तरह कपड़े पहनना नहीं सीखा या सीखा भी तो वह ढंग परित्याग कर दिया। वह लड़कों की तरह कछाड़ा मारकर धोती पहनने लगी। अगर कोई उसे लड़कियों की तरह कपड़े पहना देता था, तो वह तुरंत उसे खोल देती थी और फिर कछाड़ा मारकर पहन लेती थी। पाठशाला के बालक कभी जूड़ा न बांधते थे, अत: वह न तो चोटी करती थी और न जूड़ा ही, फिर उसे जूड़ा बांध ही कौन देता? घर में कोई औरत तो थी नहीं। पाठशाला के छात्र बांस की फर्राटी में उसके बाल फंसा देते थे और उसके घुंघराले बाल वैसे ही पीठ पर लहराया करते थे।

विद्यार्थी ललाट पर चंदन और भस्म लगाते थे; अत: शांति भी चंदन-भस्म लगाया करती थी। गले में यज्ञोपवीत पहनने के लिए भी शांति बहुत रोया करती थी, फिर भी संध्यादि नैमित्तिक नियमों के समय वह अवश्य उनके पास बैठकर उनका अनुकरण किया करती थी। अध्यापक की अनुपस्थिति के समय लड़कों ने उसे अश्लील दो-एक संकेत सिखा दिए थे और वे आपस में जो कहानियां कहा करते थे, तोते की तरह शांति ने भी उन्हें रट डाला था—भले ही उसका कोई अर्थ न जानती हो।

दूसरा फल यह हुआ कि लड़के जो पुस्तकें पढ़ा करते थे, बड़ी होने पर शांति उन्हें अनायास ही पढने लगी। वह व्याकरण का एक अक्षर भी जानती न थी, लेकिन भट्टि-काव्य, रघुवंश, कुमारसंभव, नैषधादि के श्लोक व्याख्या के साथ उसने रट डाले थे। यह देखकर शांति के पिता ने उसे थोड़ा प्राथमिक व्याकरण भी पढ़ाना शुरू किया। शांति भी शीघ्र-से-शीघ्र सीखने लगी। अध्यापक भी बड़े विस्मित हुए। व्याकरण के साथ उन्होंने कुछ साहित्य भी उसे पढ़ाया। इसके बाद ही सब गोलमाल हो गया, शांति के पिता का स्वर्गवास हो गया।

अब शांति निराश्रय हो गई। पाठशाला भी उठ गई, छात्र चले गए, लेकिन वे सब शांति को प्यार करते थे, अत: उनमें से एक शांति को अपने घर ले गया। इसी छात्र ने बाद में संतान-संप्रदाय में नाम लिखाकर अपना नाम जीवानंद रखा। हम उन्हें जीवानंद ही कहेंगे।

उस समय जीवानंद के माता-पिता जीवित थे। उनको जीवानंद ने कन्या का विशेष परिचय दिया। पिता-माता ने पूछा—"लेकिन अब पराई लड़की का भार अपने ऊपर लेगा कौन?"

जीवानंद ने कहा–"मैं ले आया हूं, इसका भार मैं ही लूंगा!"

माता-पिता ने भी कहा–"ठीक है।"

जीवानंद कुंवारे थे, उन्होंने शांति के साथ शादी कर ली। विवाह के उपरांत सभी लोग इस संबंध पर पछताने लगे सब लोग समझे कि यह तो ठीक नहीं हुआ। शांति ने किसी तरह भी लड़कियों के समान धोती न पहनी, किसी तरह भी वह चोटी बांधने को तैयार न हुई। वह घर में भी अधिक रहती न थी, पड़ोस के लड़कों के साथ बाहर खेला करती थी। जीवानन्द के घर के पास ही जंगल है। शांति उस जंगल में अकेली घूमकर कहीं मोरों, कहीं हरिणों और कहीं सुंदर फूलों की खोज में घूमा करती थी। सास-ससुर ने पहले तो मना किया, फिर डांट-फटकार की, इसके बाद -पीट और अंत में कोठरी में बंद कर दिया। इस डांट-डपट से शांति बड़ी क्रुद्ध हुई। एक दिन दरवाजा खुला देखकर वह बाहर निकली और बिना किसी से कहे-सुने कहीं चली गई।

जंगल के अंदर टेसू के फूलों को लेकर उनसे शांति ने अपने कपड़े रंग डाले और खासी साधुनी बन गई। उस समय बंगाल में दल-के-दल संन्यासी घूमा करते थे। शांति भी भिक्षा मांगती-खाती जगन्नाथ क्षेत्र की राह में निकल गई। थोड़े ही दिनों बाद उसे संन्यासियों का दल मिल गया; वह भी उन्हीं में मिल गई।

उस समय के संन्यासी आजकल जैसे न होते थे–सुशिक्षित, बलिष्ठ, युद्ध विशारद एवं अन्यान्य गुणों से गुणवान होते थे। वे लोग वस्तुतः एक तरह के राजविद्रोही होते थे–राजाओं का राजस्व लूटकर खाते थे। बलिष्ठ बालक पाते ही उनका अपहरण करते थे, उन्हें शिक्षित कर अपने संप्रदाय में मिला लिया करते थे। इसलिए लोग उन्हें 'लकड़-पकड़वा' या 'लकड़-सुंघवा' भी कहते थे।

शांति बालक संन्यासी के रूप में उनमें आ मिली थी। संन्यासी लोग पहले कोमल देह देखकर उसे दल में मिलाते न थे; लेकिन शांति की बुद्धि-प्रखरता, चतुरता और कार्यदक्षता देखकर आदरपूर्वक उन्होंने उसे अपने दल में मिला लिया। शांति उनके दल में मिलकर व्यायाम करती थी, अस्त्र चलाना सीखती थी, अतः वह परिश्रम सहिष्णु हो उठी। उनके साथ उसने देश-विदेश का भ्रमण किया, अनेक लड़ाइयां देखीं और अस्त्र विद्या में निपुण हो गई।

क्रमशः उसके यौवन के लक्षण प्रकट होने लगे। अनेक संन्यासियों ने जान लिया कि यह छद्मवेश में स्त्री है। उस समय अधिकतर संन्यासी जितेंद्रिय होते थे, इसलिए किसी ने ध्यान न दिया।

संन्यासियों में अनेक विद्वान भी थे। शांति को संस्कृत में कुछ ज्ञान है, यह देखकर एक संन्यासी उसे पढ़ाने लगा, लेकिन क्या काबुल में गधे नहीं होते? जितेंद्रिय संन्यासियों में वह संन्यासी कुछ दूसरे ढंग का था। या हो सकता है कि शांति का अभिनव यौवन-संदर्भ देखकर वह संन्यासी अपनी इंद्रियों द्वारा परिपीड़ित होकर अपने को वश में न रख सका हो।

अत: वह अपनी शिष्या को शृंगार रस के काव्य पढ़ाने लगा और उनकी व्याख्या खोलकर अश्राव्य रूप में सुनाने लगा। उससे शांति का अपकार न होकर कुछ उपकार ही हुआ। लज्जा किसे कहते है, शांति ने यह सीखा ही न था; अब व्याख्या सुनकर स्त्री-स्वभाववश स्वत: उसमें लज्जा का उदय हुआ। पुरुषचरित के ऊपर निर्मल स्त्री-चरित्र की अपूर्व प्रभा उस पर छा गई—उसने शांति के गुणों को समाधिक बढ़ा ही दिया। शांति ने पढ़ना छोड़ दिया। व्याघ्र जैसे हरिण के पीछे दौड़ता है, वैसे ही वह संन्यासी शांति को देखकर उसके पीछे दौड़ता था, किंतु शांति ने व्यायाम आदि के कारण पुरुष-दुर्लभ बल-संचय किया था। अध्यापक के समीप आते ही वह उन्हें जोर के घूंसे और लात जमाती थी, जो साधारण न होते थे।

एक दिन एकांत होकर संन्यासी ने बड़ा जोर लगातार शांति का हाथ पकड़ लिया। शांति हाथ छुड़ा न सकी। संन्यासी ने दुर्भाग्यवश शांति का बायां हाथ पकड़ा था, अत: दाहिने हाथ से शांति ने संन्यासी के सिर में इस जोर का घूंसा जमाया कि संन्यासी कटे पेड़ की तरह धड़ाम से चकराकर गिर पड़े। शांति ने संन्यासी संप्रदाय का त्याग कर पलायन किया।

शांति निर्भय थी, अकेली अपने गांव की तरफ चल पड़ी। साहस और बाहुबल से वह निर्विघ्न यात्रा करती रही। भिक्षा मांगकर और जंगली कंद-मूल आदि फलों से अपनी क्षुधा मिटाती, वह अनेक आपदाओं में विजय-लाभ करती अपनी ससुराल आ पहुंची। उसने देखा, श्वसुर का स्वर्गवास हो गया है; लेकिन सास ने उसे घर में स्थान न दिया—जाति जाने का डर था। शांति तुरंत बाहर निकल गई।

जीवानंद घर में ही थे। उन्होंने शांति का पीछा किया और उसे राह में पकड़कर पूछा—"तुम मेरा घर छोड़कर कहां चली गई थी? इतने दिनों तक कहां रही?"

शांति ने सारी सच्ची बातें कह दीं।

जीवानंद को सच-झूठ की परख थी। उसने शांति की बात का विश्वास किया।

अप्सराओं के भ्रूविलास से युक्त कटाक्ष-ज्योति द्वारा निर्मित जो काम-शर है, उसका अपव्यय-पुष्पधन्वा मदनदेव त्रिवाहित दंपतियों के प्रति नहीं किया करते।

अंग्रेज पूर्णिमा की रात को भी शाही राह पर गैस या बिजली जलाते हैं, बंगाली देह में लगाने वाले तेल का ढाल देखते हैं; मनुष्यों की बात तो दूर है, सूर्यदेव के उदय के बाद भी कभी-कभी चंद्रदेव आवास में उदित रहते हैं, इंद्र सागर पर भी वृष्टि करता है; जिस संदूक में छिपाकर धनराशि रखी रहती है, कुबेर उसी संदूक से धन ले जाते हैं; यमराज जिसके घर से सबको ले गए हैं, प्रायः उसी घर के बचे हुए लोगों पर दृष्टि डालते है, केवल रतिप्रति ऐसी निर्बुद्धिता नहीं करते-जहां वैवाहिक गांठ बंध जाती है, वहां फिर वे परिश्रम नहीं करते–प्रजापति को सारा भार देकर, जहां किसी के हृदय के रक्त को उत्तेजित कर सके, मदनदेव वहीं जाते हैं, लेकिन आज तो जान पड़ता है पुष्पधन्वा को और कोई काम था–एकाएक उन्होंने दो पुष्पबाणों का अपव्यय किया–एक ने आकर जीवानंद के हृदय को बेंध दिया, दूसरे ने शांति के हृदय में प्रवेश कर उसे बता दिया कि यह स्त्रियों का कोमल हृदय है। नवमेघ से छलके प्रथम जलकणों से भीगी पुष्पकलिका की तरह शांति सहसा खिलकर जीवानंद के मुंह की तरफ निहारती रही।

जीवानंद ने कहा–"मैं तुम्हारा परित्याग न करूंगा। मैं जब तक लौटकर न आऊं, तुम यहीं खड़ी रहना।"

शांति ने पूछा–"तुम लौटकर आओगे न?"

जीवानंद और कोई उत्तर न देकर और किसी की परवाह न कर, राह की बगल में नारियल वृक्षों की छाया में शांति के अधरों पर अधर रख, सुधापान कर चले गए।

माता को समझा-बुझाकर और विदा लेकर जीवानंद तुरंत लौट आए। हाल में ही जीवानंद की बहन निमाई की शादी भैरवीपुर में हुई थी। बहनोई के साथ जीवानंद का प्रेम था। जीवानंद शांति को लेकर वहीं गए। बहनोई ने उन्हें थोड़ी जमीन दी; जीवानंद ने उस पर एक कुटी का निर्माण किया और वहीं शांति के साथ सुखपूर्वक रहने लगे। स्वामी के सहवास में शांति का पुरुष भाव धीरे-धीरे गायब होने लगा। सुख स्वप्न की तरह उनका जीवन बीतने लगा, लेकिन सहसा वह सुख स्वप्न भंग हो गया। सत्यानंद के हाथ में पड़कर जीवानंद संतान धर्म ग्रहण कर शांति का परित्याग कर चले गए। पतित्याग के बाद यह प्रथम मिलन निमाई के प्रयत्न से हुआ, जिसका वर्णन पूर्व परिच्छेद में हो चुका है।

जीवानंद के चले जाने पर शांति निमाई के दरवाजे पर जा बैठी। निमाई गोद में लड़की को लेकर उसके पास आ बैठी। शांति की आंखों में आंसू नहीं हैं। उसने

उन्हें पोंछ डाला है, बल्कि चेहरे पर मधुर मुस्कराहट है, फिर भी वह कुछ तो गंभीर चिंतायुक्त अनमनी-सी दिखाई पड़ती ही है। उसे देखकर निमाई बोली–"मुलाकात तो हो गई न?"

शांति ने कोई उत्तर नहीं दिया, वह चुप रही। निमाई ने देखा कि शांति किसी तरह मन का भाव न बताएगी। शांति मन की बात बताना पसंद भी नहीं करती, यह जानती हुई भी निमाई ने बात का ढर्रा उठाया, बोली–"बता दो भाभी! यह कन्या कैसी है?"

शांति ने कहा–"यह लड़की कहां से पाई–तेरे लड़की कब हुई रे?"

"मेरी नहीं, दादा की है!"

निमाई ने शांति को जलाने के लिए यह बात कही थी–'दादा की लडकी' माने यह कि उसने भाई से यह लडकी पाई है। शांति ने यह न समझा कि निमाई उसे चिढ़ाने के लिए कह रही है। अतएव शांति ने उत्तर दिया–"मैं लड़की के बाप की बात नहीं पूछती हूं, मैं यह पूछती हूं कि इस लड़की की मां कौन है?"

निमाई उचित दंड पाकर अप्रतिभ होकर बोली–"कौन जाने किसकी लडकी है, दादा क्या जाने कहां से पकड़कर उठा लाए हैं–पूछने का भी अवसर न मिला। आजकल अकाल के दिनों में कितने लोग लड़के बच्चे फेंक जाते हैं। मेरे ही पास कितने लोग अपनी संतान बेचने के लिए आए थे, लेकिन दूसरों के बाल-बच्चों को ले कौन?" फिर उन आंखों में सहसा जल भर आया और निमाई उसे पोंछते हुए बोली–"लड़की है बड़ी सुंदर! भोली-भाली, गोरी-चिट्टी देखकर इसे दादा से मैंने मांग लिया है।"

इसके बाद शांति की निमाई के साथ अनेक तरह की बातें होने लगीं, फिर निमाई के पति को घर में आते देखकर शांति उठकर अपनी कुटी में चली गई।

कुटी में पहुंचकर उसने दरवाजा बंद कर लिया। इसके बाद चूल्हे की जितनी राख वह बटोर सकी, बटोर ली। बची हुई राख के ऊपर जो अपने खाने के लिए उसने चावल पका रखे थे, उन्हें भी वहां से हटा दिया। वह बहुत देर तक सोच में पड़ी रही और फिर आप-ही-आप बोली–'इतने दिनों से जो सोच रखा था, आज वही करूंगी। जिस आशा से इतने दिनों तक नहीं किया, आज सफल हुई–सफल क्यों, निष्फल-निष्फल! यह जीवन ही निष्फल है। जो सोचा है, वही करूंगी–एक बार में जो प्रायश्चित्त है, वही सौ बार में भी है।'

यह सोचती हुई शांति ने भात चूल्हे में फेंक दिया। जंगल में से कंद-मूल-फल

ले आई और अन्न के बदले उन्हीं को खाकर उसने अपना पेट भर लिया। इसके बाद उसने वही ढाका वाली साड़ी निकाली जिस पर निमाई का इतना आग्रह था। उसका किनारा उसने फाड़ डाला और शेष कपड़े को गेरू के रंग में रंग दिया। वस्त्र को रंगते और सुखाते शाम हो गई। शाम हो जाने पर दरवाजा बंद कर शांति बड़े तमाशे में लग गई। माथे के आजानुलंबित केशों का कुछ अंश उसने कैंची से काट डाला और अलग रख दिया। बाकी बचे हुए उस कपड़े को उसने दो भागो में विभक्त कर दिया—एक तो उसने पहन लिया और दूसरे से अपने ऊपरी अंगों को ढक लिया।

इसके बाद उसने बहुत दिनों से काम में न लाया गया शीशा निकाला और उसमें अपना रूप देखते हुए सोचा—'हाय! मैं क्या करने जा रही हूं?' इसके बाद ही दु:खी हृदय से वह अपने उन काटे हुए बालों को लेकर मूंछ और दाढ़ी बनाने लगी, लेकिन उन्हें वह पहन न सकी। उसने सोचा—'छि: ! यह क्या? अभी क्या इसकी उम्र है, फिर भी बुड्ढे को चरका देने के लिए इन्हें रख लेना अच्छा है।' यह सोचकर उसने छिपाकर उन्हें अपने पास रख लिया। इसके बाद घर में से एक बडा हरिणचर्म निकालकर उसने गले के पास उसे पहनकर गांठ दी और घुमाकर शरीर आवृत्त कर जंघों तक लटका लिया। इस तरह सज्जित होने के बाद इस नए संन्यासी ने घर में एक बार चारों तरफ देखा। आधी रात हो जाने पर, शांति ने इस प्रकार संन्यासी वेश में दरवाजा खोलकर अंधकारपूर्ण गहन वन में प्रवेश किया। वनदेवियों ने उस एकांत रात में अपूर्व गायन सुना—

(बांग्ला भाषा में यथावत्)

''दूरे उड़ि घोड़ा चढ़ि कोथा तुमि जाओ रे,
समरे चलि तु नामि हाम ना फिराओ रे।

हरि-हरि हरे-हरि बोलो रणरंगे,
झांप दिबो प्राण आजि समर-तरंगे,
तुमि कार के तोमार केलो एसो संगे,

रमण ते नाहिं साध, रणजय गाओ रे!

पाए धरी प्रणनाथ आमा छेडे जेओ ना,

एई सुनो, बाजे घन रणजय बाजना।
नापिछे तुरंग मोर रण करे कामना,

उड़िलो आमार मन घरे आकर रबो ना।''
रमण ते नाहिं साध, रणजय गाओ रे!

दूसरे दिन आनंदमठ के अंदर एक कमरे में बैठे, निरुत्साह तीन संताननायक आपस में बातें कर रहे थे। जीवानंद से सत्यानंद से पूछा–''महाराज! ईश्वर हम लोगों पर इतने अप्रसन्न क्यों हैं? किस दोष से हम लोग यवनों से पराभूत हुए?''

सत्यानंद ने कहा–''भगवान अप्रसन्न नहीं हैं। युद्ध में जय-पराजय दोनों होती है। उस दिन हम लोगों की विजय हुई थी, आज पराजय हुई है, अंत में फिर जय है। हमें निश्चित भरोसा है कि जिन्होंने इतने दिनों तक हमारी रक्षा की है, वे शंख-चक्र-गदाधारी वनमाली फिर हमारी रक्षा करेंगे। उनके पदस्पर्श कर हम लोग जिस महाव्रत से व्रती हुए हैं, अवश्य ही उस व्रत की हम लोगों को साधना करनी होगी–विमुख होने पर हमें अनंत नरक का भोग करना पड़ेगा। हम अपने भावी मंगल के बारे में निःसंदेह हैं, लेकिन जैसे देव-अनुग्रह के बिना कोई काम सिद्ध हो नहीं सकता, वैसे ही पुरुषार्थ की भी आवश्यकता होती है। हम लोग जो पराजित हुए, उसका कारण था कि हम निःशस्त्र थे–गोली-बंदूक के सामने लाठी, तलवार, भाला क्या कर सकता है! अतः हम लोग अपने पुरुषार्थ के न होने से हारे हैं। अब हमारा यही कर्तव्य है कि हमें भी अस्त्रों की कमी न हो।''

जीवानंद–यह तो बहुत ही कठिन बात है।

सत्यानंद–कठिन बात है जीवानंद? संतान होकर तुम मुंह से ऐसी बात निकालते हो? संतानों के लिए कठिन है क्या?

जीवानंद–आज्ञा दीजिए, इनका संग्रह किस प्रकार होगा?

सत्यानंद–संग्रह के लिए आज रात मैं यात्रा करूंगा। जब तक मैं लौटकर न आऊं, तब तक तुम लोग किसी भारी काम में हाथ न डालना, लेकिन संतानों की आपस की एकता की रक्षा करना, उनके भोजन-वस्त्र की व्यवस्था करना–इसका भार तुम दोनों पर ही है।

भवानंद ने पूछा–''तीर्थयात्रा कर इन चीजों का संग्रह आप कैसे करेंगे? गोला-गोली, बंदूक, तोप खरीदकर भिजवाने में बड़ा गोलमाल होगा; फिर आप इतना पाएंगे कहां, बेचेगा ही कौन, ले ही कौन आएगा?''

सत्यानंद–ये सब चीजें खरीदकर नहीं लाई जा सकतीं। मैं कारीगर भेजूंगा, यहीं तैयार करनी होंगी

जीवानंद–क्या यहीं, इसी आनंदमठ में?

सत्यानंद–यह कैसे हो सकता है–इसके उपाय की चिंता मैं बहुत दिनों से कर रहा हूं। भगवान ने अब उसका सुयोग उपस्थित कर दिया है। तुम लोग कहते थे, भगवान प्रतिकूल हैं, लेकिन मैं देखता हूं कि भगवान अनुकूल हैं।

भवानंद–कहां कारखाना खोलेंगे?

सत्यानंद–पदचिह्न में।

जीवानंद–यह कैसे? वहां कैसे होगा?

सत्यानंद–नहीं तो महेंद्र सिंह को मैंने किसलिए व्रत ग्रहण करने को इतना तैयार किया है?

भवानंद–महेंद्र ने क्या व्रत ग्रहण कर लिया है?

सत्यानंद–व्रत ग्रहण नहीं किया है लेकिन आज ही रात मे मैं उसे दीक्षित करूंगा।

जीवानंद–कैसे? महेंद्र को व्रत ग्रहण करने के लिए क्या उपाय हुआ है–हम लोग नहीं जानते। उसकी स्त्री-कन्या का क्या हुआ? उन्हें कहां रखा गया? आज नदी किनारे मैंने एक कन्या पाई थी; उसे मैंने अपनी बहन के पास पहुंचा दिया है। उस कन्या के पास एक सुंदर स्त्री मरी पड़ी हुई थी। वही तो महेंद्र की स्त्री-कन्या नहीं थीं? मुझे एसा ही भ्रम हुआ था।

सत्यानंद–वही महेंद्र की स्त्री-कन्या थीं।

भवानंद की आंखें चमक उठीं। अब वे समझ गए कि जिस स्त्री को उन्होंने पुनर्जीवित किया है, वही महेंद्र की पत्नी कल्याणी है, लेकिन उसकी कोई बात इस समय उठाना उन्होंने उचित न समझा।

जीवानंद ने पूछा–"महेंद्र की स्त्री मरी कैसे?"

सत्यानंद–जहर खाकर।

जीवानंद–जहर क्यों खाया?

सत्यानंद–भगवान ने स्वप्न में उसे प्राण-त्याग करने का आदेश किया था।

भवानंद–वह स्वप्नादेश क्या संतानों के कार्यों के लिए ही हुआ था?

सत्यानंद–महेंद्र से मैंने ऐसा ही सुना है। अब संध्या समय उपस्थित है, मैं संध्यादि कृत्य के लिए जाता हूं। इसके बाद नए संतानों की दीक्षा की व्यवस्था करूंगा।

भवानंद–संतानों की? क्या महेंद्र के अतिरिक्त और भी कोई संतान-संप्रदाय में सम्मिलित होना चाहता है?

सत्यानंद–हां, एक और नया आदमी है। अब से पहले मैंने उसे कहीं देखा नहीं था। आज ही मेरे पास आया है। वह बहुत कोमल युवा पुरुष है। उसकी भाव-भंगिमा और बातों से मैं बहुत प्रसन्न हूं–खरा सोना जान पड़ता है वह! उसके संतान-कार्य की शिक्षा का भार जीवानंद पर है। जीवानंद लोगों का चित्त-आकर्षण कर लेने में बहुत पटु है। अब मैं जाऊंगा। तुम लोगों के प्रति मेरा एक उपदेश बाकी है। बहुत मन लगाकर उसे सुनो!

दोनों ही शिष्यों ने करबद्ध हो निवेदन किया–"आज्ञा दीजिए।"

सत्यानंद ने कहा–"तुम दोनों से यदि कोई अपराध हुआ हो या आगे करो, तो मेरे वापस आ जाने से पहले प्रायश्चित्त न करना। मेरे आ जाने पर अवश्य ही प्रायश्चित्त करना होगा।"

यह कहकर सत्यानंद स्वामी अपने स्थान पर चले गए। भवानंद और जीवानंद ने एक-दूसरे का मुंह ताका।

भवानंद ने पूछा–"तुम्हारे ऊपर इशारा है क्या?"

जीवानंद–जान तो पड़ता है! बहन के घर में कन्या को पहुंचाने गया था।

भवानंद–इसमें क्या दोष है? यह तो निषिद्धि नहीं है! ब्राह्मणी के साथ मुलाकात तो नहीं की है?

जीवानंद–जान पड़ता है, गुरुदेव ऐसा ही समझते हैं?

2

सायंकाल समाप्त होने के उपरांत सत्यानंद स्वामी ने महेंद्र को बुलाकर कहा—"तुम्हारी कन्या जीवित है।"

महेंद्र—कहां है महाराज?

सत्यानंद—तुम मुझे महाराज क्यों कहते हो?

महेंद्र—सब ऐसा कहते हैं, इसलिए। मठ के अधिकारियों को भी राजा शब्द से संबोधित किया जाता है। मेरी कन्या कहां है महाराज?

सत्यानंद—इसे सुनने से पहले एक बात का ठीक उत्तर दो—तुम संतान धर्म ग्रहण करोगे?

महेंद्र—इसे मैंने मन-ही-मन निश्चित कर लिया है।

सत्यानंद–तब कन्या कहां है, सुनने की इच्छा न करो!

महेंद्र–क्यों महाराज?

सत्यानंद–जो यह व्रत ग्रहण करता है, उसे अपनी पत्नी, पुत्र, कन्या, स्वजनों में से किसी से भी संबंध नहीं रखना पड़ता–स्त्री, पुत्र, कन्या का मुंह देखने से भी प्रायश्चित्त करना होता है। जब तक संतानों की मनोकामना सिद्ध न हो, तब तक तुम कन्या का मुंह देख न सकोगे। अतएव यदि संतान धर्म ग्रहण करना निश्चित हो, तो कन्या का पता पूछकर क्या करोगे? देख तो पाओगे नहीं।''

महेंद्र–यह कठिन नियम क्यों प्रभु?

सत्यानंद–संतानों का काम बहुत ही कठिन है। जो सर्वत्यागी है, उसके अतिरिक्त यह काम और किसी के लिए उपयुक्त नहीं है। मायारज्जु से जिसका चित्त बंधा रहता है, खूंटे में बंधी घोड़ी की तरह वह कभी स्वर्ग में नहीं पहुंच सकता।

महेंद्र–महाराज! बात मैंने ठीक-ठीक समझी नहीं। जो स्त्री-पुत्र का मुंह देखता है, वह क्या किसी गुरुतर कार्य का अधिकारी नहीं हो सकता?

सत्यानंद–पुत्रादि का मुंह देखने से हम देव-कार्य भूल जाते हैं। संतान धर्म का नियम, काम और किसी के लिए उपयुक्त नहीं है।

महेंद्र–तो क्या न देखने से ही कन्या को भूल जाऊंगा?

सत्यानंद–यदि न भूल सको तो यह व्रत ग्रहण न करो!

महेंद्र–समस्त संतानों ने क्या इसी तरह पुत्रादि को भूलकर ही व्रत ग्रहण किया है? ऐसी दशा में तो संतान बहुत ही कम होंगे?

सत्यानंद–संतान दो तरह के हैं–दीक्षित और अदीक्षित। जो अदीक्षित हैं, वे या तो संसारी है अथवा भिखारी। वे लोग केवल युद्ध के समय आकर उपस्थित हो जाते हैं; लूट का हिस्सा या पुरस्कार पाकर फिर चले जाते हैं। जो दीक्षित होते हैं, वे सर्वस्वत्यागी हैं। यही लोग संप्रदाय के कर्ता हैं। तुम्हें मैं अदीक्षित संतान होने का अनुरोध न करूंगा। युद्ध के समय लाठी-लकड़ी वाले अनेक लोग हैं। बिना दीक्षित हुए संप्रदाय के किसी गुरुतर कार्य के अधिकारी तुम नहीं हो सकते।''

महेंद्र–दीक्षा क्या है? दीक्षित क्यों होना होगा? मैं तो अब से पहले ही मंत्र ग्रहण कर चुका हूं।

सत्यानंद–उस मंत्र का त्याग करना होगा।

महेंद्र–मंत्र का त्याग करूंगा कैसे?

सत्यानंद–मैं वह पद्धति बता देता हूं।

महेंद्र–नया मंत्र क्यों लेना होगा ?

सत्यानंद–संतानगण वैष्णव हैं

महेंद्र–यह मैं समझ नहीं पाता हूं कि संतान वैष्णव कैसे हैं ? वैष्णवों का तो अहिंसा ही परम धर्म होता है।

सत्यानंद–वह चैतन्य देव का वैष्णव धर्म है। नास्तिक बौद्ध धर्म के अनुकरण से जो वैष्णवता उत्पन्न हुई थी, उसी का लक्षण है। प्रकृत वैष्णव धर्म का लक्षण दुष्टों का दमन और धरा का उद्धार है कारण, भगवान विष्णु ही संसार के पालक हैं। उन्होंने दस बार शरीर धारण कर पृथ्वी का उद्धार किया था। केशी, हिरण्यकशिपु, मधुकैटभ, पुर, नरक आदि दैत्यों का, रावणादि राक्षसों का तथा शिशुपाल आदि दुष्टों का संहार उन्होंने किया है। वही जेता, जयदाता, पृथ्वी के उद्धारकर्ता और संतानों के इष्ट देवता हैं। चैतन्यदेव का वैष्णव धर्म वास्तविक वैष्णव धर्म नहीं है–वह धर्म अधूरा है। चैतन्यदेव के विष्णु केवल प्रेममय हैं–लेकिन भगवान केवल प्रेममय ही नहीं हैं, वे अनंत शक्तिमय भी हैं। संतानों के विष्णु केवल शक्तिमय हैं। हम दोनों ही वैष्णव हैं–लेकिन दोनों ही अधूरे हैं। बात समझ गए ?

महेंद्र–नहीं ! यह तो कैसी नई-नई-सी बातें हैं। कासिम बाजार में एक पादरी के साथ मेरी मुलाकात हुई थी। उसने भी कुछ ऐसी ही बातें कही थीं अर्थात् ईश्वर प्रेममय है–तुम लोग यीशु से प्रेम करो–ये भी ऐसी ही बातें हैं !

सत्यानंद–जिस तरह की बातों से हमारे चौदह पुरखे समझते आते हैं–उसी तरह की बातों से हम तुम्हें समझा रहे हैं। ईश्वर त्रिगुणात्मक है–यह सुना है ?

महेंद्र–हां, सत्व, रजस, तमस–यही तीन गुण हैं।

सत्यानंद–ठीक। इन तीनों गुणों की पृथक-पृथक उपासना होती है। उनके सत्व से दया-दक्षिणा आदि की उत्पत्ति होती है। वे अपनी उपासना भक्ति द्वारा करते हैं–चैतन्य संप्रदाय यही करता है। रजोगुण से उनकी शक्ति की उत्पत्ति होती है; इसकी उपासना युद्ध द्वारा, देवद्वेषी पापी के निधन द्वारा होती है, वही हम करते हैं और तमोगुण से ही भगवान अपनी साकार चतुर्भुज आदि विविध मूर्ति धारण करते हैं। केसर-चंदनादि उपहार द्वारा उस गुण की पूजा होती है–सर्व-साधारण वही करते हैं, अब समझे ?

महेंद्र–समझ गया–संतानगण उपासक संप्रदाय-मात्र है।

सत्यानंद–ठीक है ! हम लोग राज्य नहीं चाहते–केवल यवन भगवान के विद्वेषी है, इसलिए समूल विनाश करना चाहते हैं।

अंतत: सत्यानंद बातचीत समाप्त कर महेंद्र के साथ उठकर उस मठस्थित देवालय में, जहां विराट आकार की भगवान विष्णु की मूर्ति विराजित थी, वहीं पहुंचे। उस समय वहां अपूर्व शोभा थी–रजत, स्वर्ण और रत्नरंजित प्रदीपों से मंदिर आलोकित हो रहा था; राशि-राशि पुष्पों की शोभा से मंदिर और देवमूर्ति शोभित थी; सुगंधित मधुर धूमराशि से कक्ष वस्तुत: देवसान्निध्य का प्रमाण उपस्थित कर रहा था।

मंदिर में एक और पुरुष बैठा हुआ 'हरे मुरारे' स्तोत्र का पाठ कर रहा था। सत्यानंद के वहां पहुंचते ही उसने उठकर उन्हें प्रणाम किया।

ब्रह्मचारी ने पूछा–"तुम दीक्षित होंगे?"

उसने कहा–"मुझ पर कृपा कीजिए!"

सत्यानंद–तुम लोग इन भगवान के सामने प्रतिज्ञा करो कि संतान-धर्म के सारे नियमों का पालन करोगे!

दोनों–करूंगा।

सत्यानंद–जितने दिनों तक माता का उद्धार न हो, उतने दिनों तक गृहधर्म का परित्याग किए रहोगे?

दोनों–करूंगा।

सत्यानंद–माता-पिता का त्याग करोगे?

दोनों–करूंगा।

सत्यानंद–भ्राता-भगिनी?

दोनों–त्याग करूंगा।

सत्यानंद–दारा-सुत?

दोनों–त्याग करूंगा।

सत्यानंद–आत्मीय-स्वजन? दास-दासी?

दोनों–इन सबका त्याग किया।

सत्यानंद–धन-संपदा-भोग?

दोनों–सबका परित्याग।

सत्यानंद–इंद्रियजयी होंगे? नारियों के साथ कभी एक आसन पर न बैठोगे?

दोनों–न बैठेंगे; इंद्रियां वश में रखेंगे।

सत्यानंद–भगवान के सामने प्रतिज्ञा करो–अपने लिए या अपने स्वजनों के लिए अर्थोपार्जन नहीं करोगे! जो कुछ उपार्जन करोगे, उसे वैष्णव धनागार को अर्पित कर दोगे!

दोनों—कर देंगे।

सत्यानंद—सनातन धर्म के लिए स्वयं अस्त्र पकड़कर युद्ध करोगे?

दोनों—करेंगे।

सत्यानंद—रण में कभी पीठ न दिखओगे?

दोनों—नहीं।

सत्यानंद—यह प्रतिज्ञा भंग हो तो?

दोनों—जलती चिता में प्रवेश कर अथवा विषपान कर प्राण त्याग देंगे।

सत्यानंद—और एक बात है और वह है जाति। तुम किस जाति के हो? महेंद्र तो कायस्थ है। तुम्हारी जाति?

दूसरे व्यक्ति ने कहा—"मैं ब्राह्मण कुमार हूं।"

सत्यानंद—ठीक। तुम लोग अपनी जाति का त्याग कर सकोगे? समस्त संतान एक जाति में है। इस महाव्रत में ब्राह्मण-शूद्र का विचार नहीं है। तुम लोगों का क्या मत है?

दोनों—हम लोग भी जाति का ख्याल न करेंगे। हम सब माता की संतान एक जाति के हैं।

सत्यानंद—अब मैं तुम लोगों को दीक्षित करूंगा। तुम लोगों ने जो प्रतिज्ञा है, उसे भंग न करना। भगवान मुरारि स्वयं इसके साक्षी हैं। जो रावण, कंस, हिरण्यकशिपु, जरासंध, शिशुपाल आदि के विनाश हेतु हैं, जो सर्वांतर्यामी हैं, सर्वजयी हैं, सर्वशक्तिमान हैं और सर्वनियंता हैं, जो इंद्र के वज्र को भी बिल्ली के नाखूनों के समान समझते हैं, वह प्रतिज्ञा-भंगकारी को विनष्ट कर अनंत नरकवास देंगे।

दोनों—तथास्तु!

सत्यानंद—अब तुम लोग गाओ-"वंदेमातरम्।"

दोनों ने मिलकर एक एकांत मंदिर में भक्ति-भावपूर्वक मातृगीत का गान किया। इसके बाद ब्रह्मचारी ने उन्हें यथाविधि दीक्षित किया।

दीक्षा समाप्त होने के बाद सत्यानंदजी महेंद्र को एक बहुत ही एकांत

स्थान में ले गए। दोनों के वहां बैठने के बाद सत्यानंद ने कहना आरंभ किया—"वत्स! तुमने जो यह महाव्रत ग्रहण किया है, उससे मुझे जान पड़ता है कि भगवान संतानों

पर सदय हैं। तुम्हारे द्वारा माता का महत् कार्य सिद्ध होगा। तुम ध्यानपूर्वक मेरी बातें सुनो! तुम्हें जीवानंद, भवानंद के साथ वन-वन घूमकर युद्ध नहीं करना पड़ेगा। तुम पदचिह्न में लौट जाओ। अपने घर में रहकर ही तुम्हें संतान धर्म का पालन करना होगा।''

महेंद्र यह सुनकर विस्मित और उदास हुए, लेकिन कुछ बोले नहीं

ब्रह्मचारी कहने लगे—''इस समय हम लोगों के पास आश्रय नहीं है, ऐसा स्थान नहीं है कि यदि प्रबल सेना आकर घेरकर आक्रमण करे तो हम लोग खाद्यादि के साथ फाटक बंद कर कुछ दिनों तक युद्ध कर सकें। हम लोगों के पास गढ़ नहीं है। वहां अट्टालिका भी तुम्हारी है, गांव भी तुम्हारे अधिकार में है—मेरी इच्छा है कि अब वहां एक गढ़ तैयार हो। परिखा प्राचीर द्वारा पदचिह्न को घेर देने से—उसमें खाई, खंदक आदि युद्धोपयोगी किलेबंदी कर देने से और जगह-जगह तोपें लगा देने से बहुत ही उत्तम गढ़ तैयार हो सकता है। तुम घर जाकर रहो, क्रमश: दो हजार संतान वहां जाकर उपस्थिति होंगे। उन लोगों के द्वारा खाई-खंदक और प्राचीर आदि तैयार कराते रहो। वहां तुम्हें एक लौहकक्ष बनवाना होगा; वही संतानों का अर्थ-भंडार होगा। मैं एक-एक कर सोने से भरे हुए संदूक तुम्हारे पास भिजवाऊंगा। तुम उसी धनराशि से यह सब तैयार कराओ। मैं परदेश जाता हूं। वहां से उत्तम कारीगर भेजूंगा। उनके आ जाने पर तुम पदचिह्न में कारखाना स्थापित करो। वहां तोपें, गोले, बारूद, बंदूक आदि का निर्माण कराओ, इसीलिए मैं तुम्हें घर जाने को कहता हूं।''

महेंद्र ने स्वीकार कर लिया।

3

पैर छूकर महेंद्र के विदा होने पर, उनके संग उसी दिन जो दूसरा शिष्य दीक्षित हुआ था, उसने आकर सत्यानंद को प्रणाम किया। सत्यानंद ने उसे आशीर्वाद देकर बैठाया। इधर-उधर की मीठी बातें होने के बाद स्वामीजी ने कहा–"क्यों जी, भगवान कृष्ण में तुम्हारी प्रगाढ़ भक्ति है या नहीं ?"

शिष्य ने कहा–"कैसे बताऊं ? मैं जिसे भक्ति समझता हूं, शायद वह भंडैती या आत्म-प्रताड़णा हो।"

सत्यानंद ने संतुष्ट होकर कहा–"ठीक है, जिससे दिन-प्रतिदिन भक्ति का विकास हो, ऐसी ही कोशिश करना। मैं आशीर्वाद देता हूं, तुम्हारी साधना सफल हो! कारण, तुम अभी उम्र में बहुत युवा हो। वत्स! क्या कहकर बुलाऊं–अब तक मैंने पूछा नहीं ?"

नवसंतान ने कहा–"आपकी जो अभिरुचि हो! मैं तो वैष्णव का दासानुदास हूं।"

सत्यानंद–तुम्हारी नई उम्र देखकर तुम्हें नवीनानंद बुलाने की इच्छा होती है, अतः तुम अपना यही नाम रखो! लेकिन एक बात पूछता हूं, तुम्हारा पहले क्या नाम था? यदि बताने में कोई बाधा हो, तब भी बता देना। मुझसे कहने पर बात दूसरे कान में न पहुंचेगी। संतान धर्म का मर्म यही है कि जो अवाच्य भी हो, उसे भी गुरु से कह देना चाहिए। कहने में कोई हानि न होगी।

शिष्य–मेरा नाम शांति देव शर्मा है।

सत्यानंद–तुम्हारा नाम शांतिमणि पापिष्ठा है।

यह कहकर सत्यानंद ने शिष्य की डेढ़ हाथ लंबी काली दाढ़ी को बाएं हाथ से पकड़कर खींच लिया, नकली दाढ़ी अलग हो गई।

सत्यानंद ने कहा–"छिः बेटी! मेरे साथ ठगी? मुझे ही ठगना था तो इस उम्र में डेढ़ हाथ की दाढ़ी क्यों? दाढ़ी तो दाढ़ी, यह कंठ का स्वर–यह आंखों की कोमल दृष्टि छिपा सकती हो? मैं यदि ऐसा ही निर्बोध होता तो क्या इतने बड़े काम में कभी हाथ डालता?"

बेशर्म शांति कुछ देर तक अपनी आंखों को हाथ से ढके बैठी रही। इसके बाद ही उसने हाथ हटाकर वृद्ध पर मोहक तिरछी चितवन डालकर कहा–"प्रभु! तो इसमें दोष ही क्या है? स्त्री के बाहुओं में क्या बल नहीं रहता?"

सत्यानंद–गो-पद में जितना जल होता है!

शांति–सब संतानों के बाहुबल की परीक्षा कभी आपने की है?

सत्यानंद–की है।

यह कहकर सत्यानंद एक इस्पात का धनुष और लोहे का थोड़ा तार ले आए। उसे शांति को देते हुए उन्होंने कहा–"इसी इस्पात के धनुष पर लोहे के तार की डोरी चढ़ानी होगी। प्रत्यंचा का परिमाण दो हाथ है। डोरी चढ़ाते-चढ़ाते धनुष सीधा हो जाता है और चढ़ाने वाले को दूर फेंक देता है। जो इसे चढ़ा सकता है, वही वास्तव में बलवान है।"

शांति ने धनुष और तार को अच्छी तरह देखकर पूछा-"सभी संतान क्या इस परीक्षा में उत्तीर्ण हुए हैं?"

सत्यानंद–नहीं, इसके द्वारा केवल उन लोगों के बल की थाह ले ली है।

शांति–क्या कोई भी इस परीक्षा में उत्तीर्ण नहीं हो सका?

सत्यानंद–केवल चार व्यक्ति।

शांति–क्या मैं पूछ सकती हूं कि वे कौन-कौन हैं?

सत्यानंद–हां, कोई निषेध नहीं है–एक तो मैं स्वयं हूं।

शांति–और?

सत्यानंद–जीवानंद, भवानंद और ज्ञानानंद। शांति ने धनुष और तार लिया; एक झटके से उस पर प्रत्यंचा चढ़ाकर उसने धनुष सत्यानंद के पैरों पर फेंक दिया।

सत्यानंद विस्मित और स्तंभित हुए खड़े रह गए। कुछ देर बाद बोले–"यह क्या! तुम देवी हो या दानवी?"

शांति ने हाथ जोड़कर कहा–"मैं सामान्य मानवी हूं, लेकिन ब्रह्मचारिणी हूं।"

सत्यानंद–इससे क्या हुआ! तुम क्या बाल विधवा हो? नहीं, लेकिन बाल विधवा में भी इतना बल नहीं होता, वह तो एकाहारी होती है।"

शांति–मैं सधवा हूं।

सत्यानंद–तो क्या तुम्हारे स्वामी का पता नहीं है–निरुदिष्ट हैं?

शांति–नहीं, उनका पता है; उन्हीं के उद्देश्य से मैं यहां आई हूं।

मेघ हटकर सहसा निकल आने वाली धूप की तरह सत्यानंद की स्मृति जाग पड़ी। उन्होंने कहा–"याद आ गया। जीवानंद की पत्नी का नाम शांति है। तुम क्या जीवानंद की ब्राह्मणी हो?"

अब शांति शरमा गई। उसने अपनी जटा से मुंह ढक लिया मानो कितने ही हाथियों के झुंड पद्म पर घिर आए हों।

सत्यानंद ने पूछा–"क्यों तुम यह पापाचार करने आई?"

शांति ने चेहरे पर से जटाएं हटाते हुए कहा–"इसमें पापाचरण क्या है प्रभु? पत्नी यदि पति का अनुसरण करे, तो यह पापाचरण कैसे है? संतान धर्मशास्त्र में यदि इसे पापाचार कहते हैं तो संतान धर्म अधर्म है। मैं उनकी सहधर्मिणी हूं। वे धर्माचरण में प्रवृत्त हैं, मैं भी उनके साथ धर्माचरण में सहयोग देने के लिए ही आई हूं।"

शांति की तेजस्विनी वाणी सुनकर, उन्नत ग्रीव स्फीतवक्ष, कंपित अधर तथा उज्ज्वल फिर भी आंसू भरी आंखें देखकर सत्यानंद बहुत प्रसन्न हुए; बोले–"तुम सधवा हो; लेकिन देखो बेटी! पत्नी केवल गृहधर्म में ही सहधर्मिणी होती हैं–वीर धर्म में रमणी क्या सहयोग करेगी?"

शांति–कौन अपत्नीक होकर आज तक महावीर हो सका है? सीता के न रहते क्या राम वीर हो सकते थे? अर्जुन के कितने विवाह हुए थे, जरा गिनिए तो? भीम को जितना बल था, उतनी ही बलवान क्या उनकी पत्नियां नहीं थीं? कितना गिनाऊं, फिर क्या आपको बताने की जरूरत है?

सत्यानंद–बात ठीक है, लेकिन रणक्षेत्र में कौन वीर अपनी पत्नी को संग लेते हैं?

शांति–अर्जुन ने जब दानवी सेना के साथ अंतरिक्ष में युद्ध किया था, तो उनके रथ को कौन चला रहा था? द्रौपदी के संग न रहते क्या पांडव कभी कुरुक्षेत्र में जूझ सकते थे?

सत्यानंद–वह हो सकता है, लेकिन सामान्य मनुष्यों का हृदय स्त्रियों में आसक्त रहता है और वही उन्हें कार्य से विरत करता है। इसीलिए संतानों का यह व्रत है कि वे कभी स्त्री के साथ एकासन पर न बैठेंगे। जीवानंद मेरा दाहिना हाथ है। क्या तुम मेरा दाहिना हाथ काट देने के लिए आई हो?

शांति ससम्मान से बोली–''मैं आपके हाथ में बल बढ़ाने के लिए आई हूं। मैं ब्रह्मचारिणी हूं और प्रभु के समीप ब्रह्मचारिणी ही रहूंगी। मैं केवल धर्माचरण के लिए आई हूं, स्वामी-दर्शन के लिए नहीं–विरह यंत्रणा से मैं कातर नहीं हूं। पतिदेव ने जो धर्म ग्रहण किया है, मैं उसकी भागिनी क्यों न बनूं? इसीलिए आई हूं।''

सत्यानंद–अच्छा तो कुछ दिन तुम्हारी परीक्षा करके देखूंगा।

शांति बोली–''क्या मैं आनंद मठ में रह सकूंगी?''

सत्यानंद–आज और कहां जाओगी?

शांति–इसके बाद?

सत्यानंद–मां भवानी की तरह तुम्हारे ललाट पर अग्नि-तेज है, संतान संप्रदाय को क्यों भस्म करोगी?

इसके बाद आशीर्वाद देकर सत्यानंद ने शांति को विदा किया।

शांति मन-ही-मन बोली–''जीते रहो बूढ़े भगवान! मेरे कपाल में आग है? मैं मुंहजली हूं कि तेरी दादी मुंहजली है?

वस्तुतः सत्यानंद का वह अभिप्राय नहीं था–आंखों के विद्युत प्रकाश से ही उनका मतलब था, लेकिन यह बात क्या बुड्ढों को युवतियों से कहनी चाहिए?

4

उस रात शांति को मठ में रहने की अनुमति मिली थी, इसीलिए वह कमरा खोजने लगी। अनेक कमरे खाली पड़े हुए थे। गोवर्द्धन नाम का एक परिचारक था—वह भी छोटी पदवी का संतान था—वह हाथ में प्रदीप लिये हुए शांति को कमरे दिखाने लगा। कोई कमरा शांति को पसंद न आया। हताश होकर गोवर्द्धन शांति को सत्यानंद के पास वापस ले जाने लगा।

शांति बोली—''भाई संतान! इधर की तरफ जो कई कमरे हैं, उन्हें तो नहीं देखा गया!''

गोवर्द्धन बोला—''वे सब कमरे हैं तो अवश्य बहुत सुंदर, किंतु उनमें संतान लोग हैं।''

शांति–उनमें कौन-कौन हैं ?

गोवर्द्धन–बड़े-बड़े सेनापति हैं।

शांति–बड़े-बड़े सेनापति, वे सेनापति कौन हैं ?

गोवर्द्धन–भवानंद, जीवानंद, धीरानंद, ज्ञानानंद–आनंदमठ आनंदमय है!

शांति–चलो न, जरा वे कमरे देख आएं।

गोवर्द्धन पहले शांति को धीरानंद के कमरे में ले गया। धीरानंद महाभारत का द्रोणपर्व पढ़ रहे थे–अभिमन्यु ने किस तरह सप्तमहारथियों के साथ युद्ध किया था, इसी में उनका चित्त लगा हुआ था। वे कुछ न बोले। शांति बिना कुछ बोले आगे बढ़ गई।

इसके बाद शांति ने भवानंद के कमरे में प्रवेश किया। उस समय भवानंद उर्ध्वदृष्टि किए किसी के चेहरे की याद में तल्लीन थे। किसका चेहरा, वे नहीं जानते, लेकिन चेहरा बड़ा सुंदर है–कृष्ण-कुंचित सुगंधित अलकराशि आकर्णप्रसारी भ्रूयुग के ऊपर पड़ी हुई है, मध्य में अनद्य त्रिकोण ललाट देश है, उस पर मृत्यु की कराल कालछाया ग्रहण की तरह जान पड़ती है मानो वहां मृत्यु और मृत्युंजय में द्वंद्व हो रहा हो! नयन मूंदे हुए, भौंहे स्थिर, होंठ नीले, गाल पीले, नाक शीतल, वक्ष उन्नत, वायु कपड़े को हिला रही है। इसके बाद ही जैसे शरत्‌मेघ में विलुप्त चंद्रमा क्रमश: मेघदल का अतिक्रमण कर अपना सौंदर्य विकसित करता है; जैसे प्रभात का सूर्य तरंगाकृति मेघमाला को क्रमश: सुवर्ण रंग से रंजित कर स्वयं प्रदीप्त होता है, दिग्मंडल को आलोकित करता है, स्थल, जल, कीट-पतंग सबको प्रफुल्ल करता है–वैसे ही उस शांत देह में आनंदमयी शोभा का संचार हो रहा था। आह! कैसी अनुपम शोभा थी! भवानंद यही ध्यान कर रहे थे, अत: उन्होंने भी कोई बात न कही। कल्याणी के रूप से उनका हृदय कातर हो गया था, शांति के रूप की तरफ उन्होंने ध्यान ही न दिया।

इसके उपरांत शांति तीसरे कमरे में गई। उसने पूछा–''यह किसका कमरा है ?''

गोवर्द्धन बोला–''जीवानंद स्वामी का।''

शांति–यहां कौन है ? कहां, इस कमरे में तो कोई नहीं है।

गोवर्द्धन–कहीं गए होंगे, अभी आ जाएंगे।

शांति–यह कमरा सब कमरों से उत्तम है।

गोवर्द्धन–भला यह कमरा ऐसा न होगा!

शांति–क्यों ?

गोवर्द्धन–जीवानंद स्वामी इसमें रहते हैं न!

शांति–मैं इसी में रह जाती हूं, वे कोई दूसरा कमरा खोज लेंगे।

गोवर्द्धन–भला ऐसा भी हो सकता है? जो इस कमरे में रहते हैं, उन्हें चाहे मालिक समझिए या जो चाहे समझिए–जो कहते हैं, वही होता है।

शांति–अच्छा तुम जाओ, मुझे यदि जगह न मिलेगी तो पेड़ के नीचे पड़ी रहूंगी!

यह कहकर गोवर्द्धन को विदा कर शांति उसी कमरे में घुसी! कमरे में घुसकर शांति जीवानंद का कृष्णाजिन बिछाकर और दीपक तेज कर उनकी रखी एक किताब पढ़ने लगी।

कुछ देर बाद जीवानंद उपस्थित हुए! शांति का यद्यपि पुरुष वेश था, फिर भी उन्होंने आते ही पहचान लिया, बोले–"यह क्या शांति?"

शांति ने धीरे से पुस्तक रखकर जीवानंद के चेहरे की तरफ देखकर कहा–"महाशय! शांति कौन है?"

जीवानंद भौंचक्के से रह गए, अंत में बोले–"शांति कौन है? क्यों, क्या तुम शांति नहीं हो?"

शांति उपेक्षा के साथ बोली–"मैं नवीनानंद स्वामी हूं।"

यह कहकर वह फिर पुस्तक पढ़ने लगी।

जीवानंद ठठाकर हंस पड़े, बोले–"यह नया तमाशा बढ़िया है! अच्छा श्री श्री नवीनानंद जी! क्या सोचकर यहां पहुंच गए?"

शांति बोली–"अच्छा! भले आदमियों में रिवाज है कि पहली मुलाकात में 'आप', 'श्रीमान', 'महाशय' आदि शब्दों से संबोधन करना चाहिए। मैं भी आपसे असम्मानजनक रूप से बातें नहीं करता हूं, तब आप मुझे 'तुम–तुम' क्यों कहते हैं?"

"जो आज्ञा!" कहकर गले में कपड़ा डालकर हाथ जोड़कर जीवानंद ने कहा–"अब विनीत भाव से भृत्य का निवेदन है कि किस कारण भैरवीपुर से इस दीन-भवन में महाशय का शुभागमन हुआ है? आज्ञा कीजिए!"

शांति ने अति गंभीर भाव से कहा–"व्यंग्य की कोई आवश्यकता नहीं है। मैं भैरवीपुर को पहचानता ही नहीं मैं संतान धर्म ग्रहण करने के लिए आज आकर दीक्षित हुआ हूं।"

जीवानंद–अरे सर्वनाश! क्या सचमुच?

शांति–सर्वनाश क्यों ? आप भी तो दीक्षित हैं!

जीवानंद–तुम तो स्त्री हो!

शांति–यह कैसे ? ऐसी बात आपने कैसे सुनी ?

जीवानंद–मेरा विश्वास था कि मेरी ब्राह्मणी स्त्री है।

शांति–ब्रह्मणी ? है या नहीं ?

जीवानंद–थी तो जरूर!

शांति–आपको विश्वास है कि मैं आपकी ब्राह्मणी हूं ?

जीवानंद ने फिर गले में कपड़ा डालकर बड़े ही विनीत भाव से कहा–"अवश्य महाशवजी!"

शांति–ऐसी मजाक की बात आपके मन में है तो सही, लेकिन आपका कर्तव्य क्या है ?

जीवानंद–आपके शरीर के कपड़ों को बलपूर्वक हटा देने के बाद अधर-सुधापान!

शांति–यह आपकी दुष्ट-बुद्धि है अथवा मेरे प्रति असाधारण भक्ति का परिचय-मात्र है! आपने दीक्षा के अवसर पर शपथ ली है कि स्त्री के साथ एकासन पर कभी न बैठूंगा। यदि आपका यह विश्वास हो कि मैं स्त्री हूं–ऐसा सर्प-रज्जु भ्रम अनेक को होता है–तो आपके लिए उचित यही है कि अलग आसन पर बैठें। मुझसे तो आपको बात भी नहीं करनी चाहिए।

यह कहकर शांति ने फिर पुस्तक पाठ में मन लगाया।

अंत में परास्त होकर जीवानंद पृथक शय्या-रचना पर लेट गए।

तृतीय खंड

“वंदे मातरम्!
सुजलां सुफलां मलयजशीतलाम्
शस्यश्यामलां मातरम्...।
तुमि विद्या, तुमि धर्म,
तुमि हरि, तुमि कर्म,
त्वं हि प्राणः शरीरे।
बाहुते तुमि मां शक्ति,
हृदये तुमि मां भक्ति,
तोमारई प्रतिमा गड़ी मंदिरे-मंदिरे मातरम्।
वंदे मातरम्!”

1

भगवान की अनुकंपा से बांग्ला सन् 76वें में अकाल समाप्त हो गया। बंगाल प्रदेश के छह आना मनुष्यों को—नहीं कह सकते, कितने कोटि, यमपुरी को भेजकर वह दुर्वत्सर स्वयं काल के गाल में समा गया। 77वें वर्ष में ईश्वर प्रसन्न हुए। सुवृष्टि हुई, पृथ्वी शस्यश्यामला हुई; जो लोग बचे थे, उन्होंने पेट भरकर भोजन किया। अनेक लोग अनाहार या अल्पाहार से बीमार पड़ गए थे, पूरा आहार सह नहीं सके, बहुतेरे इसी में मरे।

पृथ्वी तो शस्यश्यामलिनी हुई, लेकिन जनशून्या हो गई। बंगाल प्रदेश जंगलों से भर गया। जहां हंसती हुई हरियाली भूमि थी, जहां असंख्य गो-महिषों के चरने की भूमि थी, जो गांव की भूमि युवक-युवतियों की प्रमोद भूमि थी—वह सब महारण्य में परिणत होने लगी। इसी तरह एक वर्ष

गया, दो वर्ष गए, तीन वर्ष गए। जंगल बढ़ते ही जाते थे। जो मनुष्यों के सुख के स्थान थे, वहां हिंसक शेर आदि पशु आकर हरिणों पर धावा बोलने लगे। दल बांधकर जहां सुंदरियां आलता-रंजित चरणों से पायजेब आदि की झंकार करती हुई, वृद्धाओं के साथ व्यंग्य करती और हंसती हुई गुजरा करती थीं, वहीं अब भालुओं ने अपने बच्चों को लालन-पालन शुरू किया है। जहां छोटी उम्र के बालक सांयकाल के समय जुटकर, खिले हुए पुष्प जैसा हृदय लेकर मनमोहक हंसी से स्थान गुंजाया करते थे, अब वहां श्रृंगालों के विवर हैं। नाट्यमंदिरों में दिन के समय सर्पराजों की भयंकर फुफकार सुनाई पड़ती है। अब बंगाल में अन्न होता है; लेकिन कोई खाने वाला नहीं है। बिक्री के लिए पैदा करते हैं, लेकिन कोई खरीददार नहीं है। कृषक अनाज पैदा करते हैं, पर पैसे नहीं मिलते। जमींदार को वे लगान दे नहीं सकते। राजा के जमीन छीन लेने पर जमींदार दरिद्र हो गए। वसुमती के बहु-प्रसविनी होने पर भी जनता कंगाल हो गई। चोर-डाकुओं ने माथा उठाया और साधु पुरुषों ने घर में मुंह छिपाया।

इधर संतान-संप्रदाय नित्य चंदन-तुलसी से विष्णु-पादपद्मों की पूजा करने लगा। जिनके घर में पिस्तौल-बंदूकें थीं, संतानगण उससे वे छीन लाए। भवानंद ने सहयोगियों से कह दिया था—"भाई! यदि किसी घर में मणि-माणिक्य गंजा हो और एक टूटी हुई बंदूक भी हो, तो बंदूक ले आना, धन-रत्न छोड़ देना।"

इसके बाद ये लोग गांव-गांव में अपने गुप्तचर भेजने लगे, पर लोग जहां हिंदू होते थे, कहते थे—"भाई! विष्णु-पूजा करोगे!" इसी तरह बीस-पच्चीस संतान किसी यवन बस्ती में पहुंच जाते और उनके घर में आग लगा देते थे; उनका सर्वस्व लूटकर हिंदू विष्णु-पूजकों में उसे वितरित कर देते थे। लूट का भाग पाने पर लोगों के प्रसन्न होने पर उन्हें संतानगण मंदिर में लाकर विष्णु-चरणों पर शपथ खिलाकर संतान बना लेते थे। लोगों ने देखा कि संतान होने में बड़ा लाभ है। विशेषत: यवनों के राजत्वकाल में उनकी अराजकता और कुशासन से लोग ऊब उठे थे।

हिंदू धर्म की विलोपावस्था के समय अनेक हिंदू अपने देश में हिंदुत्व-स्थापन के लिए व्यग्र हो रहे थे। अत: दिन-प्रतिदिन संतानों की संख्या बढ़ने लगी। प्रतिदिन सौ-सौ, मास में हजार-हजार की संख्या में ग्रामीण लोग संतान बनाकर उनकी संख्या वृद्धि कर यवनों को शासन से विरत करने लगे। जीवानंद और भवानंद के पद-पद्मों में प्रणाम कर संतानों की संख्या अनंत होने लगी। जहां वे लोग राजपुरुषों को पाते थे, अच्छी तरह मरम्मत करते थे। यवनों के गांव भस्म कर राख बनाए जाने लगे।

स्थानीय नवाब यह सुनकर दल-के-दल सैनिकों को इनके दमन के लिए भेजते थे; लेकिन उस समय तक संतानगण दलबद्ध, शस्त्रयुक्त और महादंभशाली हो गए थे। उनके तेज के आगे यवन फौज अग्रसर न हो पाती थी; यदि आगे बढ़ती थी तो अमित संख्या में संतान सेना उस पर आक्रमण कर उनको धुनकी हुई रुई की तरह उड़ा देती थी। कभी कोई दल यदि परास्त होता था तो तुरंत दूसरा बड़ा दल आकर उस यवन फौज का सर उड़ा देता था और मत्त होकर हरिनाम का जयघोष करता, नाचता हुआ गायब हो जाता था। उस समय लब्धप्रतिष्ठ अंग्रेज कुल के प्रातः सूर्य वारेन हेस्टिंग्स भारतवर्ष के गवर्नर जनरल थे। वे कलकत्ता में बैठे हुए राजनीतिक श्रृंखला की कड़ियां गिन रहे थे कि इसी से वे समूचे भारत को बांध लेंगे। एक दिन भगवान ने भी सिंहासन पर बैठकर निःसंदेह कहा था—तथास्तु! लेकिन वह दिन अभी दूर था। आजकल तो संतानों की दिगंत-व्यापिनी हरिध्वनि से वारेन हेस्टिंग्स भी कांप उठे थे।

हेस्टिंग्स साहब ने पहले तो देशी फौज से विद्रोह दबाने की चेष्टा की थी, लेकिन उन देशी सिपाहियों की यह दशा हुई कि वे लोग एक बुड्ढी औरत के मुंह से भी यदि हरिनाम सुन पाते थे, तो भागते थे। अंत में निरुपाय होकर वारेन हेस्टिंग्स ने कप्तान टॉमस नामक एक सुदक्ष सेनापति के अधिनायकत्व में थोड़ी गोरी फौज भेजकर विद्रोह-दमन का यत्न किया।

कप्तान टॉमस विद्रोह-निवारण के लिए बहुत ही उत्तम उपाय करने लगे। उन्होंने अपनी गोरी पल्टन के साथ नवाब की सेना और जमींदारों के आदमी मिलाकर एक अत्यंत बलिष्ठ सेना तैयार कर ली। इसके बाद उस सम्मिलित सैन्य के टुकड़े-टुकड़े कर उपयुक्त नायकों के हाथ में उन्होंने सौंप दिया।

इसके साथ ही उन लोगों को छोटे-छोटे निश्चित अंचलों में विभक्त कर दिया; कह दिया कि जहां संतानों को पाओ, पशु की तरह मारो और हंकाओ। गोरी सेना दंभ की बोतल छान संगीन चढ़ाकर गई, लेकिन टॉमस की सेना, जैसे खेती काटी जाती है, वैसे ही काटी जाने लगी। हरिध्वनि से टॉमस के कान बहरे हो गए; क्योंकि उस समय संतान असंख्य थे और प्रदेश-भर में फैले हुए थे।

कंपनी की उस समय अनेक कोठियां थीं। ऐसी ही एक कोठी शिवग्राम में थी। डॉनीवर्थ साहब इस कोठी के अध्यक्ष थे। उस समय रेशम-कोठी की रक्षा का बहुत ही अच्छा प्रबंध हुआ करता था। डॉनीवर्थ ने इसी वजह से किसी तरह अपनी

प्राणरक्षा की, लेकिन अपनी स्त्री-कन्या को कलकत्ता भेज देने के लिए उन्हें बाध्य होना पड़ा था; कारण—डॉनीवर्थ संतानों द्वारा बहुत ही पीड़ित हुए थे। उसी समय टॉमस साहब थोड़ी फौज लेकर उस अंचल में पहुंच गए। उस समय कितने ही डोम, चमार, लंगड़े-लूले भी पराया धन लूटने के लिए उत्साहित हो गए थे। उन सभी ने जाकर कप्तान टॉमस की रसद पर आक्रमण किया। कप्तान साहब बहुत अधिक मात्रा में खाद्य सामग्री—घी, मैदा, सूजी, चावल गाड़ियों पर लदवाकर ला रहे थे। इसे देखकर डोम-चमारों का दल अपना लोभ संवरण कर न सका—उन सबने जाकर गाड़ी पर आक्रमण किया; लेकिन सिपाहियों की दो-चार संगीनें खाकर सब भागे।

कप्तान टॉमस ने उसी समय कलकत्ता रिपोर्ट भेजी कि आज कुल 157 (एक सौ सत्तावन) सिपाहियों को लेकर मैंने 14,730 विद्रोहियों को परास्त किया है। विद्रोहियों के 2153 (इक्कीस सौ तिरेपन) व्यक्ति मरे, 1223 घायल हुए और 7 व्यक्ति बंदी हुए। इसमें केवल अंतिम संख्या सत्य थी।

कप्तान टॉमस ने द्वितीय ब्लेनहम या रसवाक का युद्ध जीता—यह सोचते हुए वे अपनी मूंछों पर ताव देते हुए इधर-उधर ठाठ से घूमने लगे। उन्होंने डॉनीवर्थ से कहा—''अब क्या डरते हो? बस, विद्रोहियों का दमन हो गया! अब अपनी स्त्री-कन्या को कलकत्ता से बुला लो।''

इस पर डॉनीवर्थ ने उत्तर दिया—''ऐसा ही होगा! आप दस दिन यहां ठहरिए, देश को जरा और शांत होने दीजिए, फिर बुला लेंगे।''

डॉनीवर्थ के पास पल्टन की मुर्गियां पली हुई थीं और उनके यहां का पानी भी बहुत अच्छा था। विभिन्न वन्यपक्षी उनकी टेबुल की शोभा बढ़ाते थे। दाढ़ीवाला बावर्ची मानो द्वितीय द्रौपदी था। अत: बिना कुछ बोले-चाले कप्तान टॉमस वहीं डटे रहने लगे।

इधर भवानंद मन-ही-मन व्यस्त हैं कि कब इस कप्तान का सर काटकर द्वितीय शम्बरारि की उपाधि धारण करूं। अंग्रेज इस समय भारतोद्धार के लिए(?) आए हैं, ये संतानगण तब तक समझ न सके थे। कैसे समझते? कप्तान टॉमस के सम-सामयिक भी उस समय यह न समझ सके थे कि भारतवर्ष पर हमारा राज्य स्थापित हो सकेगा। उस समय भविष्य तो विधाता ही जानते थे! भवानंद मन में सोचते थे कि इस असुर वंश का एक दिन में निपात करूंगा; सब एकचित्त हो जाएं और जरा असतर्क संतान लोग अलग रहें। यही विचारकर सब अलग रहे। उधर कप्तान टॉमस द्रौपदी गुण-ग्रहण में संलग्न थे।

साहब बहादुर शिकार के बड़े शौकीन थे। वे कभी-कभी शिवग्राम के निकट के जंगल में शिकार खेलने निकल जाते थे। एक दिन डॉनीवर्थ के साथ अनेक शिकारियों को लेकर टॉमस शिकार के लिए निकल पड़े। कहना ही क्या है! टॉमस बड़े ही साहसी व्यक्ति हैं, बल-वीर्य में अंग्रेजों में अतुलनीय हैं। इस जंगल में शेर, भालू आदि हिंसक जंतुओं का बाहुल्य है। बहुत दूर निकल जाने पर साथ के शिकारियों ने आगे बढ़ने से इनकार कर दिया कि निविड़ जंगल में हम न घुसेंगे। वे बोले–"अब भीतर राह नहीं है, आगे जा न सकेंगे।"

डॉनीवर्थ भी ऐसे भयानक शेर के सामने पड़ चुके थे कि वे भी घुसने से मुकर गए। सब लोग लौटना चाहते थे।

कप्तान टॉमस ने कहा–"तुम लोग लौट जाओ, मैं न लौटूंगा।" यह कहकर कप्तान साहब ने भयानक जंगल में प्रवेश किया।

वस्तुत: उस जंगल में राह न थी। घोड़ा आगे बढ़ न सकता था: लेकिन साहब ने अपना घोड़ा भी छोड़ दिया और कंधे पर बंदूक रखकर पैदल आगे बढ़े। घने जंगल में प्रवेश कर इधर-उधर शेर की खोज करने लगे; पर शेर कहीं न था, फिर देखा क्या! एक बड़े पेड़ के नीचे, खिले पुष्पों की लता अपने शरीर से लपेटे हुए कौन बैठा हुआ था? एक नवीन संन्यासी बैठा अपने रूप से जंगल में उजाला किए हुए हैं। प्रस्फुटित पुष्प मानो उस शरीर का सान्निध्य पाकर कुछ अधिक सुगंधित हो गए हैं।

कप्तान टॉमस को पहले तो विस्मय हुआ, फिर क्रोध आया

कप्तान साहब थोड़ी बहुत हिंदी बोल लेते थे, बोले-"टुम कौन?"

संन्यासी ने कहा–"मैं संन्यासी हूं।"

कप्तान ने कहा–"टुम रिबेल (Rebel) है?"

संन्यासी–वह क्या?

कप्तान–हम टुमको गुली करके माड़ेगा।

संन्यासी–मारो।

कप्तान जरा मन में आगा-पीछा कर रहे थे कि गोली मारें या न मारें। इसी समय विद्युत वेग से संन्यासी ने आक्रमण कर उनकी बंदूक छीन ली। संन्यासी ने अपना वक्षावरण चर्म खोलकर फेंक दिया। एक झटके में जटा अलग हो गई।

कप्तान टॉमस ने देखा कि उसके सामने अपूर्व स्त्री-मूर्ति है। सुंदरी ने हंसते-हंसते कहा–"साहब! हम लोग नारी हैं, किसी को चोट नहीं पहुंचातीं। मैं

तुमसे एक बात पूछना चाहती हूं कि जब हिंदू-यवनों में लड़ाई हो रही है, तो इस बीच में तुम लोग क्यों बोलते हो? अपने घर लौट जाओ!"

साहब–कौन हो तुम?

शांति–देखते तो हो, संन्यासिनी हूं–जिन लोगों से लड़ने आए हो, मैं उन्हीं में से एक स्त्री हूं।

साहब–टुम हमाड़ा घड़ में रहेगा?

शांति–क्या तुम्हारी उपपत्नी बनकर?

साहब–इसी माफक रहने को सकता; शादी नहीं करेगा।

शांति–मुझे भी एक बात पूछनी है–हमारे घर में एक सुंदर बंदर था। वह हाल में ही मर गया है–उसकी जगह खाली पड़ी है। कमरे में सिकड़ी डाल दूंगी। तुम उस दरबे में रहोगे? हमारे बगीचे में खूब केला होता है।

साहब–तुम बड़ी स्प्रिटेड वुमेन (Spirited Woman) है। टुमारी करेज (Courage) पर हम खुश है। टुम हमाड़ा घड़ में चलो। टुमाड़ा आदमी लड़ाई में मड़ेगा, टब टुम क्या कड़ेगा?

शांति–तब हमारी एक शर्त हो जाए। युद्ध तो दो-चार दिन में होगा ही। अगर तुम जीतोगे, तो मैं तुम्हारी उपपत्नी होकर रहूंगी। अगर हम लोग जीतेगे, तो तुम हमारे घर में उसी दरबे में बंदर बनकर रहना और केला खाना।

साहब–केला बहुत अच्छा चीज है। अभी तुम्हारे पास है?

शांति–ले, अपनी बंदूक ले! ऐसे बेवकूफों के साथ कौन बात करे!

यह कहकर शांति बंदूक फेंककर हंसती हुई भाग गई।

2

सायंकाल समाप्त होने के उपरांत सत्यानंद स्वामी ने महेंद्र को बुलाकर कहा–"तुम्हारी कन्या जीवित है।"

महेंद्र–कहां है महाराज?

सत्यानंद–तुम मुझे महाराज क्यों कहते हो?

महेंद्र–सब ऐसा कहते हैं, इसलिए। मठ के अधिकारियों को भी राजा शब्द से संबोधित किया जाता है। मेरी कन्या कहां है महाराज?

सत्यानंद–इसे सुनने से पहले एक बात का ठीक उत्तर दो–तुम संतान धर्म ग्रहण करोगे?

महेंद्र–इसे मैंने मन-ही-मन निश्चित कर लिया है।

तीन स्वरों की मिलित झंकार ने जंगल की समूची लताओं को कंपा दिया। शांति गाती हुई गीत के पूरे चरण गाने लगी–

"ए यौवन जल-तरंग रोधिबे के?
हरे मुरारे! हरे मुरारे!
जलेते तूफान होए छे
माझीते हाल धरे छे,
हरे मुरारे! हरे मुरारे!
भेंगे बालिरे बांध, पुराई मनेर साध,
जोरदार गांगे जल छूटे छे, राखिबे के?
हरे मुरारे ! हरे मुरारे!"

सारंगी भी बज रही थी–

जोरदार गांगे जल छूटे छे, राखिबे के?
हरे मुरारे! हरे मुरारे।"

जहां बहुत ही घना जंगल है–भीतर क्या है, बाहर से यह दिखाई नहीं देता, शांति उसी के अंदर प्रवेश कर गई थी। वहीं उन्हीं शाखा-पल्लवों में छिपी हुई एक छोटी कुटी है। डालियों के ही बंधन और पत्तों का छाजन है। काठ की जमीन, उस पर मिट्टी पटी हुई है। लताद्वार खोलकर उसी के अंदर शांति प्रवेश कर गई। वहां जीवानंद बैठे सारंगी बजा रहे थे।

जीवानंद ने शांति को देखकर पूछा–"इतने दिनों के बाद गंगा में ज्वार का जल बढ़ा है क्या?"

शांति ने हंसते हुए उत्तर दिया–"ज्वार का बढ़ा हुआ गंगाजल ही क्या तालों को डुबाता है?"

जीवानंद ने दुःखी होकर कहा–"देखो शांति! एक दिन तो व्रत भंग होने के कारण प्राण उत्सर्ग करूंगा ही; जो पाप हुआ है, उसका प्रायश्चित्त करना ही पड़ेगा। अब तक प्रायश्चित्त कर चुका होता, किंतु केवल तुम्हारे अनुरोध के कारण कर न सका, लेकिन अब किसी दिन यह भी संभव हो जाएगा, विलंब नहीं है। उसी युद्ध में मुझे प्रायश्चित्त करना पड़ेगा। इस प्राण का परित्याग करना ही होगा। मेरे मरने के दिन...।"

शांति ने बात काटकर कहा–"मैं तुम्हारी धर्मपत्नी हूं, सहधर्मिणी हूं–धर्म में सहायक हूं। तुमने अतिशय गुरु धर्म ग्रहण किया है, उसी धर्म की सहायता के लिए

मैं आई हूं। हम दोनों ही एक साथ रहकर उस धर्म में सहायक होंगे, इसलिए घर त्यागकर आई हूं। मैं तुम्हारे घर में वृद्धि ही करूंगी। विवाह इहकाल के साथ ही परकाल के लिए भी होता है। इहकाल के लिए जो विवाह होता है, मन में समझ लो कि हमने वह किया ही नहीं। हम लोगों का विवाह केवल परकाल के लिए हुआ है। परकाल में इसका दूसरा फल होगा, लेकिन प्रायश्चित्त की बात क्यों? तुमने कौन-सा पाप किया है? तुम्हारी प्रतिज्ञा है कि स्त्री के साथ एकासन पर न बैठेंगे? कौन कहता है, तुम किसी दिन भी एकासन पर बैठे हो? फिर प्रायश्चित्त क्यों? हाय प्रभु! तुम मेरे गुरु हो, क्या मैं तुम्हें धर्म सिखाऊं? तुम वीर हो, लेकिन क्या मैं तुम्हें वीर धर्म सिखाऊं?''

जीवानंद ने आह्लाद से गद्गद होकर कहा–''प्रिये! सिखाओ तो सही!''

शांति प्रसन्नचित्त होकर कहने लगी–''और भी देखो गोस्वामी जी! इहकाल में ही क्या हमारा विवाह निष्फल हुआ है? तुम मुझसे प्रेम करते हो, मैं तुमसे प्रेम करती हूं–इससे बढ़कर इहकाल में और कौन-सा फल हो सकता है? बोलो–वंदेमातरम्!''

इसके बाद ही दोनों ने एक स्वर से 'वंदेमातरम्' गीत गाया।

भवानंद स्वामी एक दिन नगर में जा पहुंचे। उन्होंने प्रशस्त राजपथ त्यागकर एक गली में प्रवेश किया। गली के दोनों बाजू ऊंची अट्टालिकाएं हैं केवल दोपहर के समय एक बार वहां भगवान सूर्य झांक लेते हैं। इसके बाद अंधकार-ही-अंधकार। गली में घुसकर पास के ही दो-मंजिले एक मकान में भवानंद ने प्रवेश किया। नीचे की मंजिल में जहां एक अर्धवयस्का स्त्री रसोई बना रही थी, वहीं जाकर भवानंद स्वामी ने दर्शन दिए। वह स्त्री अर्धवयस्क, मोटी-झोटी, काली-कलूटी, मैली धोती पहने माथे के बाल ठीक खोपड़ी पर बांधे हुए, दाल की बटलोही में कलछी डालकर ठन-ठन बजाती हुई बाएं हाथ से मुंह पर लटकने वाले बालों को हटाती, कुछ मुंह से बड़बड़ाती, रसोई करती हुई सुशोभित हो रही थी। ऐसे ही समय भवानंद महाप्रभु ने घर में प्रवेश कर कहा–''भाभी! राम-राम!''

भाभी भवानंद को देखकर अवाक् हो अपने कपड़े ठीक करने लगी। इच्छा हुई कि सिर का मोहन जूड़ा खोल डाले, लेकिन खोल न सकी–हाथ में कलछी थी। हाय-हाय! उस जूड़े के जंजाल में उसने एक बकुल पुष्प खोंस रखा था। वस्त्रांचल

से उसे ढकने की कोशिश की, लेकिन यह क्या? आज तो एक पांच हाथ का टुकड़ा मात्र पहन रखा था। अत: अंग ढक न सकी। वह पांच हाथ का कपड़ा ऊपर उठाती थी तो छाती खुलती थी, छाती ढकती थी तो पीठ खुलती थी, लाचार बेचारी परेशान हो गई। किसी तरह उसने एक कोना खींचकर कान के पास तक लाकर आधा चेहरा ढकने का भाव कर प्रतिज्ञा की कि दूसरी एक धोती खरीदूंगी और तब इसे कभी न पहनूंगी। इस तरह व्यस्त होने के बाद बोली–"कौन, गोसाई ठाकुर! आओ-आओ! लेकिन भाई! यह हमें राम-राम के साथ प्रणाम क्यों?"

भवानंद–तुम मेरी भाभी जो हो!

गौरी–अच्छा, आदर से कहते हो तो कह लो। प्रणाम किया ही है, तो खुश रहो! फिर तुम्हें प्रणाम करना ही चाहिए, मैं उम्र में बड़ी जो हूं, लेकिन आखिर हो तो गोसाई ठाकुर देवता ही!

भवानंद स्वामी से गौरी की उम्र काफी बड़ी–करीब पच्चीस वर्ष बड़ी है, लेकिन चतुर भवानंद ने उत्तर दिया–"भाभी! अरे तुम्हें रसीली देखकर भाभी कहता हूं। नहीं तो हिसाब जब किया गया था, तो तुम मुझसे छ: वर्ष छोटी निकली थी। क्या याद नहीं है? हम लोगों में सब तरह के वैष्णव हैं न। इच्छा है कि एक मठधारी ब्रह्मचारी के साथ तुम्हारी सगाई करा दूं, यही कहने आया हूं।"

गौरी–यह कैसी बात? अरे राम-राम! ऐसी बात भला कही जाती? मैं ठहरी विधवा औरत!

भवानंद–तो सगाई न होगी?

गौरी–तो भाई! जैसा ठीक समझो, वैसा करो। तुम लोग पंडित आदमी ठहरे। हम लोग तो और हैं, क्या समझे? तो कब होगी सगाई?

भवानंद ने बड़ी मुश्किल से हंसी रोककर कहा–"बस एक बार उस ब्रह्मचारी से मुलाकात होते ही पक्की हो जाएगी सगाई और वह कैसी है?"

गौरी जल गई। मन में संदेह हुआ कि शायद सगाई की बात मजाक है, बोली–"है, जैसी, है वैसी है!"

भवानंद–तुम जरा जाकर एक बार देख आओ। कह देना कि मैं आया हूं–एक बार मिलना चाहता हूं।

इस पर गौरी भात-दाल छोड़कर हाथ धोकर छमछम करती हुई सीढ़ियां तोड़तीं हुई ऊपर चढ़ने लगी। एक कमरे में जमीन पर चटाई बिछाकर एक अपूर्व सुंदरी बैठी हुई है, लेकिन सौंदर्य पर एक घोर छाया है। मध्याह्न के समय कल-कलवाहिनी,

प्रसन्नसलिला, विपुल-जल-स्रोतवती नदी के ऊपर मेघ आने जैसी यह कैसी छाया है!

नदी-हृदय पर तरंगें उछल रही है, तटवर्ती कुसुमवृक्ष वायु के झोंके में मस्त झूम रहे हैं, पुष्प-भार से दबे जा रहे हैं, उनसे अट्टालिका-श्रेणी सुशोभित है। तरणी-श्रेणी के ताड़न से जल आंदोलित हो रहा है। यह भी वैसे ही पहले की तरह चारु, चिकने, चंचल, गुंथे केश, पहले का वैसा ही तेजपुंज ललाट और उस पर पतली तूलिका से खिंची हुई भौंहे, वही पहले जैसे चंचल मृग-नयन, लेकिन वैसे कटाक्षमय नहीं, वैसी लोलता नहीं, कुछ नम्र! अधरों पर वही दाडिम लालिमा, वैसे ही सुधारसपूर्ण, वैसे ही वनलता-दुष्प्राप्य कोमलतायुक्त बाहु, लेकिन आज वह दीप्ति नहीं, वह उज्ज्वलता नहीं, वह प्रखरता नहीं, वह चंचलता नहीं, वह रस नहीं है—शायद वह यौवन भी नहीं है। केवल सौंदर्य और माधुर्य-मात्र, नई बात आ गई है—गांभीर्य। इसे पहले देखने से जान पड़ता था कि मनुष्य-लोक की अतुलनीय सुंदरी है—अब देखने से जान पड़ता है कि कोई स्वर्ग की शापग्रस्त देवी है। उसके चारों तरफ दो-चार पुस्तकें पड़ी हुई हैं। दीवार पर खूंटी के सहारे तुलसी की माला लटक रही है। दीवारों पर जगन्नाथ, बलराम, सुभद्रा, कालीयदमन, गोवर्धन-धारण आदि के चित्र टंगे हुए हैं। वे चित्र उसके स्वयं बनाए हुए हैं, उनके नीचे लिखा हुआ है—"चित्र या विचित्र!" ऐसे ही कमरे में भवानंद ने प्रवेश किया।

भवानंद ने पूछा—"क्यों कल्याणी! शारीरिक कुशल तो है?"

कल्याणी—यह प्रश्न करना आप न छोड़ेंगे? मेरे शारीरिक कुशल से आपका क्या मतलब?

भवानंद—जो वृक्ष लगाता है, उसमें नित्य जल देता है—वृक्ष के बढ़ने से ही उसे सुख होता है। तुम्हारे मृत शरीर में मैंने नवजीवन दिया है। वह बढ़ रहा है या नहीं, मैं क्यों न पूछूंगा?

कल्याणी—विष-वृक्ष का क्या कभी कोई दाम होता है?

भवानंद—जीवन क्या विष है?

कल्याणी—न होता तो अमृत डालकर मैं उसे ध्वंस करने को क्यों तैयार होती?

भवानंद—बहुत दिनों से सोच रहा था—पूछूंगा, लेकिन पूछ नहीं सका। किसने तुम्हारे जीवन को विषमय बना दिया था?

कल्याणी—मेरे जीवन को किसी ने विषमय नहीं बनाया। जीवन स्वयं विषमय है—मेरा जीवन विषमय है; आपका जीवन विषमय है—सभी का जीवन विषमय है।

भवानंद–सच है कल्याणी! मेरा जीवन तो अवश्य विषमय है। उसी दिन से तुम्हारा व्याकरण समाप्त हो गया है?

कल्याणी–नहीं?

भवानंद–फिर क्या बात है?

कल्याणी–अच्छा नहीं मालूम होता।

भवानंद–विद्या-अर्जन में तुम्हारी कुछ प्रवृत्ति देखी थी। अब ऐसी अश्रद्धा क्यों?

कल्याणी–आप जैसे पंडित जब महापापिष्ठ हैं, तो न पढना-लिखना ही अच्छा है। मेरे पतिदेव की क्या खबर है प्रभु?

भवानंद–बारंबार यह संवाद क्यों पूछती हो? वे तो तुम्हारे लिए मृत समान हैं।

कल्याणी–मैं उनके लिए मृत हूं; वे मेरे लिए नहीं

भवानंद–वे तुम्हारे लिए मृतवत् होंगे, यही समझकर तो तुमने विष खाया था? बार-बार यह बात क्यों कल्याणी?

कल्याणी–मर जाने से क्या संबंध मिट जाता है! वे कैसे हैं?

भवानंद–अच्छे हैं।

कल्याणी–कहां है? पदचिह्न में?

भवानंद–हां, वहीं हैं!

कल्याणी–क्या कर रहे हैं?

भवानंद–जो कर रहे थे–दुर्ग-निर्माण, अस्त्र-निर्माण; उन्हीं के द्वारा निर्मित अस्त्र-शस्त्रों से सहस्रों संतान सज्जित हो रहे हैं। उन्हीं की कृपा से अब हम लोगों को तोप, बंदूक, गोला-गोली, बारूद आदि की कमी नहीं है। संतानगण में वही श्रेष्ठ हैं। वे हम लोगों पर महत् उपकार कर रहे हैं; वे हम लोगों के दाहिने हाथ हैं।

कल्याणी–मैं प्राण-त्याग न करती, तो इतना होता! जिसकी छाती पर छेदही कलसी बंधी हो, वह क्या कभी भवसागर पार कर सकता है! जिसके पैरों में लौह-सीकड़ पड़े हो, वह क्या कभी दौड़ सकता है! क्यों संन्यासी! तुमने अपना क्षार जीवन क्यों बचा रखा था?

भवानंद–स्त्री सहधर्मिणी होती है, धर्म में सहायक होती है।

कल्याणी–छोटे-छोटे धर्मों में। बड़े धर्मों के अनुसरण में कंटक! मैंने विष-कंटक द्वारा उनके अधर्म या कष्ट का उद्धार किया था। छिः, दुराचारी पामर ब्रह्मचारी! तुमने मेरे प्राण क्यों लौटाए?

भवानंद—अच्छा, न हो तो मैंने जो किया है, उसे मुझे वापस कर दो। मैंने जो प्राणदान किया है, क्या तुम उसे वापस कर सकती हो?

कल्याणी—क्या आपको पता है मेरी सुकुमारी कैसी है?

भवानंद—बहुत दिनों से उसकी खबर नहीं लगी। जीवानंद बहुत दिनों से उधर गए ही नहीं।

कल्याणी—उसकी खबर क्या मुझे लाकर नहीं दे सकते? स्वामी मेरे लिए त्याज्य हैं; लेकिन जब जिंदा रह गई हूं तो कन्या को क्यों त्याग दूं! अब तो सुकुमारी के पास जाने से ही जीवन में कुछ सुख मिल सकता है, लेकिन मेरे लिए इतना आप क्यों करेंगे?

भवानंद—करूंगा कल्याणी! तुम्हारे लिए कन्या ला दूंगा; लेकिन इसके बाद?

कल्याणी—इसके बाद क्या गोस्वामी?

भवानंद—स्वामी?

कल्याणी—उन्हें तो इच्छापूर्वक त्यागा है।

भवानंद—यदि उनका व्रत पूर्ण हो जाए तो?

कल्याणी—तो मैं उनकी हूंगी। मैं जो बच गई हूं, क्या वे यह जानते हैं?

भवानंद—नहीं।

कल्याणी—आपसे क्या उनकी मुलाकात नहीं होती?

भवानंद—होती है।

कल्याणी—मेरी बात कभी नहीं करते?

भवानंद—नहीं! जो स्त्री मर गई उससे फिर पति का क्या संबंध!

कल्याणी—क्या कहा?

भवानंद—तुम फिर विवाह कर सकती हो, तुम्हारा पुनर्जन्म हुआ है।

कल्याणी—मेरी कन्या ला दो!

भवानंद—ला दूंगा! तुम फिर विवाह कर सकती हो?

कल्याणी—तुम्हारे साथ न?

भवानंद—विवाह करोगी?

कल्याणी—तुम्हारे साथ?

भवानंद—यही मान लो।

कल्याणी—संतान धर्म कहां रहेगा?

भवानंद—अतल जल में।

कल्याणी–यह तुम्हारा महाव्रत है?

भवानंद–अतल जल में गया?

कल्याणी–किसलिए सब अतल जल में डुबाते हो?

भवानंद–तुम्हारे लिए! देखो, मनुष्य हो, ऋषि हो, सिद्ध हो, देवता हो, सबका चित्त अवश्य होता है। संतान धर्म मेरा प्राण है, लेकिन आज पहले-पहल कहता हूं, तुम प्राणों से भी बढ़कर प्राण हो। जिस दिन तुम्हें प्राणदान दिया, उसी दिन से मैं तुम्हारे पैरों पर गिर गया। मैं नहीं जानता था कि संसार में ऐसा रूप भी है। ऐसी रूपराशि जीवन में कभी देखूंगा, यदि यह जानता तो कभी संतान धर्म ग्रहण न करता। यह धर्म इस अग्नि में जलकर क्षार हुआ जाता है। धर्म जल गया है–प्राण है। आज चार वर्ष से प्राण भी जल रहा है, बचना नहीं चाहता। दाह! कल्याणी! दाह! ज्वाला! लेकिन जलने वाला ईंधन अब बच नहीं गया है। प्राण जा रहा है। चार बरस से सह रहा हूं; अब सहा नहीं जाता। क्या तुम मेरी होओगी?

कल्याणी–तुम्हारे ही मुंह से सुना है कि संतान धर्म का एक यह भी नियम है कि जिसकी इंद्रियां परवश हो जाएं, उसका प्रायश्चित्त मृत्यु है। क्या यह सच है?

भवानंद–यह सच है।

कल्याणी–तो तुम्हारे लिए भी वही प्रायश्चित्त मृत्यु है?

भवानंद–मेरे लिए एकमात्र प्रायश्चित्त मृत्यु है।

कल्याणी–तुम्हारी मनोकामना पूरी होने पर मरोगे?

भवानंद–निश्चय ही मरूंगा!

कल्याणी–और यदि मैं मनोकामना पूरी न करूं?

भवानंद–तब भी मृत्यु निश्चित है। कारण, मेरी इंद्रियां परवश हो चुकी हैं। आगामी युद्ध में...।

कल्याणी–तुम अब विदा हो! मेरी कन्या भिजवा दोगे?

भवानंद ने आंसू भरी आंखों से कहा–"भिजवा दूंगा। क्या मेरे जाने पर भी मुझे हृदय में याद रखोगी?"

कल्याणी–याद रखूंगी-व्रतच्युत विधर्मी के रूप में याद रखूंगी।"

भवानंद विदा हुए।

कल्याणी पुस्तक पढ़ने लगी।

3

भवानंद विचार-सागर में गोते लगाते हुए मठ की तरफ चले। वे राह में अकेले चले आ रहे थे। वन में भी अकेले ही उन्होंने प्रवेश किया। अब उन्होंने देखा कि वन में उनके आगे-आगे एक आदमी चला जा रहा है।

भवानंद ने पूछा–''कौन हो भाई?''

अग्रगामी व्यक्ति ने कहा–''जानना चाहते हो? उत्तर देता हूं–एक पथिक।''

भवानंद–वंदे...।

वह आदमी बोला–''मातरम्।''

भवानंद–मैं भवानंद स्वामी हूं।

अगग्रामी–मैं धीरानंद।

भवानंद–धीरानंद! कहां गए थे?

धीरानंद–आपकी ही खोज में।

भवानंद–क्यों?

धीरानंद–एक बात कहने।

भवानंद–कौन-सी बात?

धीरानंद–अकेले में कहने की है।

भवानंद–यहीं बताओ न, यह तो निर्जन स्थान है।

धीरानंद–आप नगर में गए थे।

भवानंद–हां।

धीरानंद–गौरी के घर?

भवानंद–तुम भी नगर में गए थे क्या?

धीरानंद–वहां एक परम सुंदरी रहती है?

भवानंद कुछ विस्मित भी हुए, डरे भी, बोले–"ये सब कैसी बातें हैं?"

धीरानंद–आपने उसके साथ मुलाकात की थी?

भवानंद–इसके बाद?

धीरानंद–आप उस कामिनी के प्रति अति अनुरक्त हैं?

भवानंद–(कुछ विचारकर) धीरानंद! तुमने क्यों इतनी खोज-बीन की? देखो धीरानंद! तुम जो कुछ कह रहे हो, सब सच है, लेकिन तुम्हारे अतिरिक्त कितने लोग यह बात जानते हैं?

धीरानंद–और कोई नहीं।

भवानंद–तब तुम्हारा वध करने से ही मैं मुक्त हो सकता हूं।

धीरानंद–कर सकते हो?

भवनांद–तब आओ, इस निर्जन स्थान में ही युद्ध करें। हो सके तो मैं तुम्हारा वध कर कलंक से बचूं या तुम मेरा वध कर दो, ताकि सारी ज्वालाओं से मेरी मुक्ति हो जाए। बोलो, पास में अस्त्र है?

धीरानंद–है! खाली हाथ किसकी मजाल है कि तुम्हारे सामने ये बातें करें। यदि युद्ध की ही तुम्हारी इच्छा है तो वही सही, पर संतान-संतान में विरोध निषिद्ध है, किंतु आत्महत्या के लिए किसी के साथ भी युद्ध करने में हर्ज नहीं। जो बात कहने के लिए मैं तुम्हें खोज रहा था, क्या वह सब सुन लेने पर युद्ध करना अच्छा न होगा?

भवानंद–हर्ज क्या है, कहो!

भवानंद ने तलवार निकालकर धीरानंद के कंधे पर रख दी।

धीरानंद भागे नहीं।

धीरानंद—मैं यह कह रहा था कि तुम कल्याणी से विवाह कर लो।

भवानंद—कल्याणी! यह भी जनते हो?

धीरानंद—विवाह क्यों नहीं कर लेते?

भवानंद—उसके तो पति जीवित हैं।

धीरानंद—वैष्णवों का ऐसा विवाह होता है।

भवानंद—यह नीच वैरागियों की बात है—संतानों की नहीं। संतान की शादी नहीं होती।

धीरानंद—संतान धर्म क्या अपरिहार्य है? तुम्हारे तो प्राण जा रहे हैं। छि:! छि:! मेरा कंधा न कट गया।

वस्तुत: धीरानंद के कंधे से रक्त निकल रहा था।

भवानंद—तुम किसलिए मुझे यह अधर्म-मति देने आए हो? अवश्य ही तुम्हारा कोई स्वार्थ है!

धीरानंद—वह भी कहने की इच्छा है। तलवार न धंसाना, बताता हूं। इस संतान धर्म ने मेरी हड्डियों को जर्जर कर दिया है। मैं इसका परित्याग कर स्त्री-पुत्र का मुंह देखकर दिन बिताने के लिए उतावला हो रहा हूं। मैं इस संतान धर्म का परित्याग करूंगा, लेकिन क्या मेरे लिए घर जाकर बैठने का अवसर है, विद्रोही के रूप में अनेक लोग मुझे पहचानते हैं। घर जाकर बैठते ही शायद राजपुरुष सर उतार ले जाएंगे अथवा संतान लोग ही विश्वासघात समझकर मार डालेंगे, इसीलिए तुम्हें भी अपना साथी बना लेना चाहता हूं

भवानंद—क्यों, मुझे क्यों?

धीरानंद—यही असली बात है। संतानगण तुम्हारे अधीन हैं। सत्यानंद अभी यहां है नहीं; इनके नायक हो तुम। इस सेना को लेकर युद्ध करो, तुम्हारी विजय होगी, इसका मुझे विश्वास है। युद्ध में विजय प्राप्त कर क्यों नहीं तुम अपने नाम से एक राज्य स्थापित करते? सेना तो तुम्हारी आज्ञाकारिणी है। तुम राजा हो, कल्याणी तुम्हारी मंदोदरी हो, मैं भी तुम्हारा अनुचर बनकर स्त्री-पुत्र का मुंह देखकर दिन बिताऊं और आशीर्वाद करूं। संतान धर्म को अतल जल में डुबो दो!

भवानंद ने धीरानंद के कंधे पर से तलवार हटा ली; बोले—"धीरानंद! युद्ध करो! मैं तुम्हारा वध करूंगा। मैं इंद्रिय-परवश हो सकता हूं, लेकिन विश्वासघातक

नहीं। तुमने मुझे विश्वासघाती होने का परामर्श दिया है और स्वयं भी विश्वासघातक हो। तुम्हें सामने मारने से ब्रह्महत्या भी न होगी। मैं तुम्हारा वध करूंगा!''

बात समाप्त होते-न-होते धीरानंद दम भरकर भागे। भवानंद ने पीछा न किया। भवानंद कुछ अनमने-से थे; उन्होंने अब देखा, धीरानंद का कहीं पता न था।

मठ में जाकर और फिर लौटकर भवानंद जंगल में घुस गए। उस जंगल में एक जगह प्राचीन अट्टालिका का भग्नावशेष है। उस ढूहे पर घास-पात आदि जम आई है। वहां असंख्य सर्पों का वास है। ढूहे की जमीन अपेक्षाकृत साफ और ऊंची थी। भवानंद उसी पर जाकर बैठे और चिंता में मग्न हो गए।

भयानक अंधेरी रात थी। उस पर वह जंगल अति विस्तृत, एकदम सूना जंगल वृक्ष-लताओं से घना और दुर्भेद्य, गमनागमन में दुष्कर है। आवाज आती भी है तो भूखे शेर की हुंकार, अन्यान्य पशुओं के भागने या बोलने का शब्द, कभी पक्षियों के पर फड़फड़ाने की आवाज, तो कभी भागते हुए पशुओं के पैर की खरखराहट। ऐसे निर्जन स्थान में उस ढूहे पर अकेले भवानंद बैठे हुए हैं। उनके लिए इस समय पृथ्वी है ही नहीं या केवल उपादान-मात्र है।

भवानंद निश्चल थे, श्वास-प्रश्वास अति सूक्ष्म, अपने में ही विलीन, माथे पर हाथ रखे बैठे थे। मन में सोचते थे—जो होना है, अवश्य होगा। भागीरथी की जल-तरंगों के बीच क्षुद्र हाथी की तरह इंद्रिय-स्रोत में डूब गया, यही दुःख है। एक क्षण में इंद्रियों का ध्वंस हो सकता है, शरीर-निपात कर देने से। मैं इन्हीं इंद्रियों के वश में हो गया? मेरा मरना ही अच्छा है। धर्मत्यागी! छि : ! छि : ! मैं अवश्य मरूंगा। इसी समय माथे पर पेचक ने भयानक शब्द किया। भवानंद अब खुलकर बड़बड़ाने लगे—''यह कैसा शब्द? कान में ऐसा सुनाई पड़ा मानो भय का आह्वान हो। मैं नहीं जानता, मुझे कौन बुलाता है—यह किसका शब्द है? किसने राह बताई, किसने मरने के लिए कहा? पुण्यमय अनंत! तुम शब्द-शब्दमय हो; लेकिन तुम्हारे शब्द का अर्थ तो मैं समझ नहीं पाता हूं।''

इसी समय भीषण जंगल में से मधुर, गंभीर, प्रेम भरा मनुष्य-कंठ सुनाई दिया—''आशीर्वाद देता हूं, धर्म में तुम्हारी मति अवश्य होगी!''

भवानंद के शरीर के रोंगटे खड़े हो गए—यह क्या? यह तो गुरुदेव की आवाज

"महाराज! आप कहां हैं? इस समय सेवक को दर्शन दीजिए।"

लेकिन किसी ने भी दर्शन न दिया, किसी ने भी उत्तर न दिया। भवानंद ने बार-बार बुलाया, लेकिन कोई उत्तर न मिला। इधर-उधर खोजा, कहीं कोई न था।

रात बीतने पर जब जंगल में प्रभात का सूर्य उदय हुआ–जंगल में पत्तों की हरियाली जब चमक उठी, तब भवान्द मठ में वापस आ गए। उनके कानों में आवाज पहुंची–"हरे मुरारे! हरे मुरारे!" पहचान गए कि यह सत्यानंद की आवाज है। समझ गए कि प्रभु वापस आ गए!

जीवानंद के कुटी से बाहर चले जाने पर शांति देवी फिर सारंगी लेकर मृदु स्वर में गाने लगी–

"प्रलयपयोधि जले धृतवानसि वेदं
विहित वहित्र चरित्रखेदं,
केशवधृत मीन शरीरं,
जय जगदीश हरे!"

गोस्वामी विरचित स्तोत्र को जिस समय सारंगी की मधुर ध्वनि पर कोमल स्वर से शांति गाने लगी, उस समय वह स्वर-लहरी वायुमंडल पर इस तरह तरंगित हो उठी, जिस तरह जल में अवगाहन करने पर स्रोतवाहिनी नदी में धार कुंडलाकार होकर लहराने लगती है। शांति गाने लगी–

"निंदनि यज्ञविधेरहः श्रुतिजात
सदय हृदय दर्शित पशुघातम्,
केशव धृत बुद्ध शरीर
ज्य जगदीश हरे!"

इसी समय किसी ने बाहर से गंभीर स्वर में मेघगर्जन के समान गंभीर स्वर में गाया–

"म्लेच्छ निवहनिधने कलयसि करवालम्
धूमकेतुमिति किमपि करालम्
केशवधृत कल्कि शरीर
जय जगदीश हरे।"

शांति ने भक्ति-भाव से प्रणत होकर सत्यानंद के पैरों की धूलि ग्रहण की और

बोली–"प्रभो! मेरा ऐसा कौन-सा भाग्य है कि श्री पादपद्मों का यहां दर्शन मिला। आज्ञा दीजिए, मुझे क्या करना होगा?" यह कहकर शांति ने फिर स्वर-लहरी छेड़ी–

"भवचरणप्रणता वयमिति भावय कुरु कुशलं प्रणतेषु।"

सत्यानंद ने कहा–"बेटी, तुम्हारा कुशल ही होगा।"

शांति–कैसे भगवन्? आपकी तो आज्ञा है मेरा वैधव्य!

सत्यानंद ने कहा–"तुम्हें मैं पहचानता न था बेटी! रस्सी की मजबूती न जानकर मैंने उसे खींचा था। तुम मेरी अपेक्षा ज्ञानी हो। इसका उपाय तुम्हीं कहो। जीवानंद से न कहना कि मैं सब कुछ जानता हूं। तुम्हारे प्रलोभन से वे अपनी जीवन-रक्षा कर सकेंगे–इतने दिनों से कर ही रहे हैं। ऐसा होने से मेरा कार्योद्धार हो जाएगा।"

शांति के उन विशाल लोल कटाक्षों में निदाघ-कादंबिनी में विराजित बिजली के सामान घोर रोष प्रकट हुआ। उसने कहा–"यह क्या कहते हैं महाराज! मैं और मेरे पति एक आत्मा है। मरना होगा तो वे मरेंगे ही, इसमें मेरा नुकसान ही क्या है? मैं भी तो साथ मरूंगी! उन्हें स्वर्ग मिलेगा तो क्या मुझे स्वर्ग न मिलेगा?"

ब्रह्मचारी ने कहा–"देवी! मैं कभी हारा न था, आज तुमसे तर्क में हार मानता हूं। मां! मैं तुम्हारा पुत्र हैं–संतान पर स्नेह रखो। जीवानंद के प्राणों की रक्षा करो। इसी से मेरा कार्योद्धार होगा।"

बिजली हंसी।

शांति ने कहा–"मेरे स्वामी का धर्म मेरे स्वामी के ही हाथ है। मैं उन्हें धर्म से विरत करने वाली कौन हूं? इहलोक में स्त्री का देवता पति है : किंतु परकाल में सबका पिता धर्म होता है। मेरे समीप मेरे पति बडे हैं, उनकी अपेक्षा मेरा धर्म बड़ा है–उससे भी बढ़कर मेरे लिए पति का धर्म है। मैं अपने धर्म को जिस दिन चाहूं, जलांजलि दे सकती हूं, लेकिन क्या स्वामी के धर्म को जलांजलि दे सकती हूं? महाराज! तुम्हारी आज्ञा पर मरना होगा तो मेरे स्वामी मरेंगे, मैं मना नहीं कर सकती।"

इस पर ब्रह्मचारी ने ठंडी सांस भरकर कहा–"मां! इस घोर व्रत में बलिदान ही परम आवश्यक है। हम सबको बलिदान देना पड़ेगा। मैं मरूंगा, जीवानंद, भवानंद–सभी मरेंगे। शायद तुम भी मरोगी, किंतु देखो, कार्य पूरा करके ही मरना होगा, बिना कार्य पूर्ण किए मरना किस काम का? मैंने केवल जन्मभूमि को ही मां माना था और किसी को भी मां नहीं कहा, क्योंकि सुजला-सुफला माता के अतिरिक्त

मेरी और कोई माता नहीं। अब तुम्हें भी मां कहकर पुकारा है। तुम माता होकर हम संतानों का कार्य सिद्ध करो। जिसमें हमारा कार्योद्धार हो, वही करो—जीवानंद की प्राणरक्षा करना, अपनी रक्षा करना!"

यह कहकर सत्यानंद 'हरे मुरारे, मधुकैटभारे' गाते हुए चले गए।

क्रमशः संतान संप्रदाय में समाचार प्रचारित हुआ कि सत्यानंद आ गए हैं और संतानों से कुछ कहना चाहते हैं। अतः उन्होंने सबको बुलवाया है। यह सुनकर दल-के-दल संतान लोग आकर उपस्थित होने लगे। चांदनी रात में नदी तट पर देवदारु के बृहत् जंगल में आम, पनस, ताड़, वट, पीपल, बेल, शाल्मली आदि पेड़ों के नीचे करीब दस सहस्र संतान आ उपस्थित हुए। सब आपस में सत्यानंद के लौट आने का समाचार सुनकर महाकोलाहल करने लगे। सत्यानन्द किसलिए वहां गए थे—यह साधारण लोग जानते न थे। अफवाह थी कि वे संतानों की मंगलकामना से प्रेरित होकर हिमालय पर्वत पर तपस्या करने गए थे। सब आपस में कानाफूसी करने लगे—

"महाराज की तपस्या सिद्ध हो गई है—अब हम लोगों का राज्य होगा।" इस पर बड़ा कोलाहल होने लगा। कोई चीत्कार करने लगा—"मारो-मारो, पापियों को मारो।" कोई कहता—"जय-जय! महाराज की जय!" कोई गाने लगा—"हरे मुरारे मधुकैटभारे!" किसी ने 'वंदेमातरम्' गीत गाया। कोई कहता—"भाई! ऐसा कौन दिन होगा कि तुच्छ बंगाली होकर भी मैं रणक्षेत्र में शरीर उत्सर्ग करूंगा।" कोई कहता—"भाई ! ऐसा कौन दिन होगा कि अपना ही धर्म हम स्वयं भोग करेंगे।"

इस तरह दस सहस्र मनुष्यों के कंठ-स्वर से निकली गगनभेदी ध्वनि से वन-प्रांत, नदी, वृक्ष, पहाड़ सब कांप उठे

एकाएक शब्द हुआ—वंदेमातरम् और लोगों ने देखा कि ब्रह्मचारी सत्यानंद संतानों के मध्य आकर खड़े हो गए। इस समय दस सहस्र मस्तक उसी चांदनी में वनभूमि पर प्रणत हो गए। बहुत ही ऊंचे स्वर में, जलद गंभीर शब्दों में सत्यानंद ने दोनों हाथ उठाकर कहा—"शंख-चक्र-गदा-पद्मधारी वनमाली बैकुंठनाथ जो केशिमथन मधु-मुर-नरकमर्दन लोक-पालक हैं, वे तुम लोगों के बाहुओं में बल प्रदान करें, मन में भक्ति दें, धर्म में शक्ति दें! तुम सब लोग मिलकर एक बार उनका गुणगान करो।"

इस पर दस सहस्र कंठों से एक साथ गान होने लगा–

"जय जगदीश हरे।
प्रलयपयोधि जले धृतवानसि वेदं
विहित विहित्र चरित्रखेदं
जय जगदीश हरे।"

इसके उपरांत सत्यानंद महाराज उन लोगों को पुनः आशीर्वाद प्रदान कर बोले–"संतानो! तुम लोगों से आज मुझे कुछ विशेष बात कहनी है। टॉमस नाम के एक विधर्मी दुराचारी ने अनेक संतानों का नाश किया है। आज रात हम लोग उसका ससैन्य वध करेंगे! जगदीश्वर की ऐसी ही आज्ञा है। तुम लोग क्या चाहते हो?"

भयानक हर्षध्वनि से जंगल विदीर्ण हो उठा–"अभी मारेंगे! बताओ, चलो, उन सबको दिखा दो। मारो! मारो! शत्रुओं का नाश करो?" इसी तरह के शब्द दूर के पहाड़ों से टकराकर प्रतिध्वनित होने लगे।

इस पर सत्यानंद फिर कहने लगे-"उसके लिए हम लोगों को जरा धैर्य धारण करना पड़ेगा। शत्रुओं के पास तोप है; बिना तोप के उनके साथ युद्ध नहीं हो सकता। विशेषतः वे सब वीर जाति के हैं। हमारे पदचिह्न दुर्ग से 17 तोपें आ रही हैं। तोपों के पहुंचते ही हम लोग युद्ध आरंभ करेंगे। यह देखो, प्रभात हुआ ही चाहता है। ब्रह्ममुहूर्त में 4 बजते ही...लेकिन यह क्या...?"

"गुड्डम-गुड्डम-गुम!" अकस्मात् चारों तरफ विशाल जंगल में तोपों की आवाज होने लगी। यह तोपें अंग्रेजों की थीं। जाल में पड़ी हुई मछली की तरह कप्तान टॉमस ने संतानों को इस जंगल में घेरकर वध करने का उद्योग किया था।

4

"गुड्डम गुड्डम गुम!" अंग्रेजों की तोपें गर्जन करने लगीं। वह शब्द समूचे जंगल में प्रतिध्वनित होकर सुनाई पड़ने लगा। वह ध्वनि नदी के बांध से टकराकर सुनाई पड़ी। सत्यानंद ने तुरंत आवाज दी–"देखो, किसकी तोपें हैं?"

कई संतान तुरंत घोड़े पर चढ़कर देखने के लिए चल पड़े, लेकिन उन लोगों के जंगल से निकलते ही उन पर सावन की बरसात के समान गोले आकर पड़े। अश्वसहित उन सबने वहीं अपने प्राण त्याग दिए।

दूर से सत्यानंद ने देखा, बोले–"पेड़ पर चढ़कर देखो!" उनके कहने के साथ जीवानंद ने एक पेड़ पर ऊंचे चढ़कर बताया–"अंग्रेजों की तोपें!"

सत्यानंद ने पूछा–''अश्वारोही सैन्य है या पदातिक?''

जीवानंद–दोनों हैं?

सत्यानंद–कितने हैं?

जीवानंद–अंदाज नहीं लग सकता। वे सब जंगल की आड़ से बाहर आ रहे हैं?

सत्यानंद–गोरे हैं या केवल देशी फौज?

जीवानंद–गोरे हैं।''

अब सत्यानंद ने कहा–''तुम पेड़ से उतर आओ।''

जीवानंद पेड़ से उतर आए।

सत्यानंद ने कहा–''तुम दस हजार संतान यहां उपस्थित हो। देखना है, क्या कर सकते हो! जीवानंद! आज के सेनापति तुम हो।''

जीवानंद हर्षोत्फुल्ल होकर एक छलांग में घोड़े पर सवार हो गए। उन्होंने एक बार नवीनानंद की तरफ ताककर इशारे में ही कुछ कहा–कोई उसे समझ न सका। नवीनानंद ने भी इशारे में ही उत्तर दिया। केवल वे दोनों ही आपस में समझ गए कि शायद इस जीवन में यह आखिरी मुलाकात है; पर नवीनानंद ने दाहिनी भुजा उठाकर लोगों से कहा–''भाइयो! समय है, गाओ जय जगदीश हरे!''

दस सहस्र संतानों के समवेत् कंठ ने आकाश, भूमि, वन-प्रांत को कंपा दिया। तोप का शब्द उस भीषण हुंकार में डूब गया। दस सहस्र संतानों ने भुजा उठाकर

''जय जगदीश हरे!
म्लेछ निवहनिधने कलयसि करवालम्।''

इसी समय अंग्रेजों की गोला-वृष्टि जंगल का भेदन करती हुई संतानों पर आकर पड़ने लगी। कोई गाता-गाता छिन्नमस्तक, छिन्न-बाहु, छिन्न-हतपिंड होकर जमीन पर गिरने लगा, लेकिन गाना बंद न हुआ, वे सब गाते ही रहे–''जय जगदीश हरे!''

गाना समाप्त होते ही सब निस्तब्ध हो गए। वह सारा वातावरण–नदी, जंगल, पहाड़ एकदम निस्तब्ध हो गए। केवल तोपों का गर्जन गोरों के अस्त्रों की झंकार और पद-ध्वनि दूर से सुनाई पड़ने लगी।

उस निस्तब्धता को भंग करते हुए सत्यानंद ने कहा–''भगवान तुम्हारी रक्षा करेंगे। तोप कितनी दूरी पर है?''

ऊपर से आवाज दी–''इसी जंगल के समीप एक छोटा मठ है, उसी के पास।''

सत्यानंद–तुम कौन हो ?

ऊपर से आवाज आई–"मैं नवीनानंद।"

अब सत्यानंद ने कहा–"तुम लोग दस हजार हो , तुम्हारी विजय होगी! क्या देखते हो, छीन लो तोपें!"

यह सुनते ही अश्वारोही जीवानंद ने आवाज दी–"आओ भाइयो, मारो।"

इस पर दस सहस्र संतान सेना, अश्वारोही और पदातिक, तीर की तरह धावा बोलती आगे बढ़ी। पदातिकों के कंधे पर बंदूक, कमर में तलवार और हाथ में भाले थे। बहुत-से संतानों ने बिना युद्ध किए ही गिरकर प्राणत्याग किया एक ने जीवानंद से कहा–"जीवानंद! अनर्थक प्राणि-हत्या से क्या फायदा है ?"

जीवानंद ने मुड़कर देखा, कहने वाले भवानंद थे।

जीवानंद ने पूछा–"तब क्या करने को कहते हो ?"

भवानंद–वन के अंदर रहकर वृक्षों का आश्रय लेकर अपनी प्राणरक्षा करें। तोपों के सामने खुले मैदान में बिना तोप के संतान सेना एक क्षण भी टिक न सकेगी, लेकिन जंगल में पेड़ों की आड़ लेकर हम लोग बहुत देर तक युद्ध कर सकते हैं।

जीवानंद–तुम ठीक कहते हो! लेकिन प्रभु की आज्ञा है कि तोप छीन ली जाए। अत: हम लोग तोप छीनकर ही जाएंगे

भवानंद–किसकी हिम्मत है कि तोप छीन सके, लेकिन यदि जाना ही है, तो तुम ठहरो, मैं जाता हूं।

जीवानंद–यह न होगा भवानन्द आज मेरे मरने का दिन है।

भवानंद–आज मेरे मरने का दिन है।

जीवानंद–मुझे प्रायश्चित्त करना होगा।

भवानंद–तुम निष्पाप हो, तुम्हें प्रायश्चित्त की जरूरत नहीं। मेरा चरित्र कलुषित है; मुझे ही मरना होगा। तुम ठहरो, मैं जाता हूं।

जीवानंद–भवानंद, तुमसे क्या पाप हुआ है, मैं नहीं जानता; लेकिन तुम्हारे रहने से संतानों का उद्धार होगा। मैं जाता हूं।

भवानंद ने चुप होकर फिर कहा–"मरना होगा तो आज ही मरेंगे, जिस दिन जरूरत होगी, उसी दिन मरेंगे। मृत्यु के लिए मुझे समय-काल की जरूरत नहीं।"

जीवानंद–तब आओ!

इस बात पर भवानंद सबके आगे हुए। दल-के-दल, एक-एक कर संतान गोले खाकर मरकर गिरने लगे। संतान सेना बिखरने लगी। तीर की तरह आगे बढ़ते हुए

संतान गोला खाकर कटे वृक्ष की तरह नीचे गिरते थे। सैकड़ों लाशें पट गईं। इसी समय भवानंद ने चिल्लाकर कहा–"आज इस तरंग में संतानों को कूदना है, कौन आता है भाई ?"

इस पर भी सहस्र-सहस्र कंठों से आवाज आई–"वंदेमातरम्!"

दनादन गोले आ रहे थे। तीर गिर रहे थे, लेकिन संतान सेना तीर की तरह आगे बढ़ती ही जाती थी। सबका लक्ष्य तोप छीनना था।

इसके बाद तो दस हजार संतान सेना 'वंदेमातरम्' गाती हुई, अपने भाले आगे कर तीर की तरह तोपों पर जा पड़ी। यद्यपि वे लोग गोले और गोलियों की बौछार से क्षत-विक्षत हो चुके थे, लेकिन पलटे नहीं, भागे नहीं–घनघोर युद्ध शुरू हो गया, लेकिन इसी समय रण-कुशल टॉमस की आज्ञा से एक सेना बंदूकों पर संगीनें चढ़ाकर पीछे से निकलकर संतानों के दाहिने बाजू पर गिरी। अब जीवानंद ने कहा–"भवानंद! तुम्हारी ही बात ठीक थी। अब संतान-सैन्य को नाश करने की जरूरत नहीं, लौटाओ इन्हें।"

भवानंद–अब कैसे लौट सकते हैं? अब तो जो पीछे पलटेगा, वही मारा जाएगा।

जीवानंद–सामने और दाहिने से आक्रमण हो रहा है। आओ, धीरे-धीरे बाएं होकर निकल चले।

भवानंद–बाएं घूमकर कहां जाओगे? बाएं नदी है–वर्षा से भरी हुई नदी। इधर गोले से बचोगे, तो नदी में डूबकर मरोगे।

जीवानंद–मुझे याद है, नदी पर एक पुल है।

भवानंद–लेकिन इतनी संख्या में संतान जब पुल पर एकत्र हो जाएंगे, तो एक ही तोप उनका समूल नाश कर देगी।

जीवानंद–तब एक काम करो। आज तुमने जो शौर्य दिखाया है, उससे तुम सब कुछ कर सकते हो। थोड़ी सेना के साथ तुम सामना करो। मैं अवशिष्ट सेना को बाएं घुमाकर निकाल ले जाता हूं। तुम्हारे साथ की सेना तो अवश्य ही विनष्ट होगी, लेकिन अवशिष्ट संतान सेना नष्ट होने से बच जाएगी।

भवानंद–अच्छा, मैं ऐसा ही करूंगा

इस तरह दो हजार सैनिकों के साथ भवानंद ने सामने से फिर गोलंदाजों पर आक्रमण किया।

उनमें अपूर्व उत्साह था। घोरतर युद्ध होने लगा। गोलंदाज सेना उनके विनाश में

और तोप-रक्षा में संलग्न हुई। सैकड़ों संतान कट-कटकर गिरने लगे, लेकिन प्रत्येक संतान अपना बदला लेकर मरता था।

इधर अवसर पाकर जीवानंद अवशिष्ट सेना के साथ बाएं मुड़कर जंगल के किनारे से आगे बढ़े। कप्तान टॉमस के सहकारी लेफ्टिनेंट वॉटसन ने देखा कि संतानों का बहुत बड़ा दल भागने की चेष्टा में बाएं घूमकर जाना चाहता है। इस पर उन्होंने देशी सिपाहियों की सेना लेकर उनका पीछा किया।

कप्तान टॉमस ने भी यह देखा। संतान सेना का प्रधान भाग इस तरह गति बदल रहा है—यह देखकर उन्होंने सहकारी से कहा—"मैं दो-चार सौ सिपाहियों के साथ सामने की सेना को मारता हूं, तुम शेष सेना के साथ उन पर धावा करो। बाएं से वॉटसन जाते हैं, दाहिने से तुम जाओ और देखो, आगे जाकर पुल का मुंह बंद कर देना। इस तरह वे सब घिर जाएंगे, तब उन्हें फंसी चिड़िया की तरह मार गिराओ। देखना, देशी फौज भागने में बड़ी तेज होती है, अत: सहज ही उन्हें फंसा न पाओगे। अश्वारोही सेना को वन के अंदर से छिपकर पहले पुल के मुंह पर पहुंच जाने को कहो, तब वे फंस सकेंगे।"

कप्तान टॉमस ने, जो कुशल सेनापति था, अपने अहंकार के वश में होकर यहीं भूल की। उसने सामने की सेना को तृणवत् समझ लिया था। उसने केवल दो सौ पदातिक सैनिकों को अपने पास रहने दिया और शेष सबको भेज दिया। चतुर भवानंद ने जब देखा कि तोप के साथ समूची सेना उधर चली गई और सामने की छोटी सेना सहज ही वध्य है, तो उन्होंने अपनी सेना को जोश दिलाया—"क्या देखते हो, सामने मुट्ठी-भर अंग्रेज हैं, मारो!"

इस पर वह संतान सेना टॉमस की सेना पर टूट पड़ी। उस आक्रमण को थोड़े-से अंग्रेज सह न सके; मूली की तरह वे कटने लगे।

भवानंद ने स्वयं जाकर कप्तान टॉमस को पकड़ लिया। कप्तान अंत तक युद्ध करता रहा। भवानंद ने कहा—"कप्तान साहेब! मैं तुम्हें मारूंगा नहीं, अंग्रेज हमारे शत्रु नहीं हैं। क्यों तुम यवनों की सहायता करने आए? तुम्हें प्राणदान तो देता हूं, लेकिन अभी तुम बंदी अवश्य होगे। अंग्रेजों की जय हो, तुम हमारे मित्र हो।"

कप्तान ने भवानंद को मारने के लिए संगीन उठाई, लेकिन भवानंद उसे शेर की तरह जकड़े हुए थे, वह हिल न सका। तब भवानंद ने अपने सैनिकों से कहा—"बांधो इन्हें।"

दो-तीन संतानों ने टॉमस को बांध लिया।

भवानंद ने कहा–''इन्हें घोड़े पर बैठाकर ले चलो। हम लोग जीवानंद की सहायता को जाते हैं।''

इसी तरह वह अल्पसंख्यक संतान सेना कप्तान टॉमस को कैदी बनाकर घोड़े पर चढ़ भवानंद के साथ जीवानंद की सहायता के लिए आगे बढ़ी।

जीवानंद की सेना का उत्साह टूट चुका था, वह भागने को तैयार थी, लेकिन जीवानंद और धीरानंद ने उन्हें समझाकर किसी तरह ठहराया। सेना को जीवानंद और धीरानंद पुल की तरफ ले गए। वहां पहुंचते ही एक तरफ से हेनरी ने और दूसरी तरफ से वॉटसन ने उन्हें घेर लिया। अब सिवा युद्ध के परित्राण न था। इधर सेना भग्नोत्साह थी।

5

इसी समय टॉमस की तोपें पास आ पहुंचीं। अब संतानों का दल छिन्न-भिन्न होने लगा। उन्हें प्राणरक्षा की कोई आशा न रही। जिसे जिधर राह मिली, भागने लगे। जीवानंद और धीरानंद ने उन्हें बहुत संयत करने की चेष्टा की, लेकिन कोई फल न हुआ, संतानों का दल तितर-बितर होने लगा। इसी समय ऊंची आवाज में सुनाई दिया—''पुल पर जाओ, पुल पर जाओ! उस पार चले जाओ, अन्यथा नदी में डूब मरोगे। अंग्रेजों की सेना की तरफ मुंह किए हुए पुल पर चले जाओ!''

जीवानंद ने देखा कि कहने वाले भवानंद सामने हैं

भवानंद ने कहा—''जीवानंद, तुम सेना को पुल पर ले जाओ। दूसरी प्रकार से रक्षा नहीं है।'' यह सुनते ही संतान सेना क्रमशः पुल पर पहुंचने लगी। थोड़ी ही देर में समूची संतान सेना पुल पर जा पहुंची भवानंद, जीवानंद

और धीरानंद–सब एक मत और एक जगह थे। भवानंद ने जो कुछ कहा था, वही हुआ। अंग्रेजों की तोपें पुल के मुंह पर लगी थीं और वे गोले उगलने लगीं। भयानक संतान-क्षय होने लगा। यह देखकर भवानंद ने कहा–"जीवानंद! यह एक तोप हमारा नाश कर डालेगी! क्या देखते हो, आओ हम तीनों उस पर टूटकर अधिकार ले।"

भवानंद के यह कहते ही जयनाद उठा–"वंदेमातरम्!"

उसी समय तीन तलवारें पुनः सिरों पर घूम उठीं। तोपची तमाशा ही देखते रह गए। हेनरी और वॉटसन दूर खड़े अहंकार और प्रसन्नता में इसे खिलवाड़ और मूर्खता समझते रहे, किंतु इसी समय रण का पास पलट गया। पलक मारते ही तीनों संतान-नायक तोपचियों पर जा पड़े। तोपचियों के सिर धड़ से कब जुदा हुए, कुछ पता नहीं। उनकी मोह-निद्रा टूटी तब, जब बिजली की तरह तलवार चमकाते हुए भवानंद स्वयं तोप पर खड़े हो गए और बोले–"वंदेमातरम्!"

सहस्रों कंठों से निकला–"वंदेमातरम्!" उसी समय जीवानंद ने तोप का मुंह अंग्रेजी सेना की तरफ कर दिया और तोप प्रति-क्षण आग उगलने लगी।

अब भवानंद ने कहा–"जीवानंद भाई! यह क्षणिक जीत है, अब तुम संतानों को लेकर सकुशल पार चले जाओ। तोप भरने वाले और मृत्यु का वरण करने वाले केवल बीस संतानों को तोप की रक्षा के लिए छोड दो।"

ऐसा ही हुआ। बीस संतान तोप के इर्द-गिर्द आ डटे। शेष समूची सेना जीवानंद और धीरानंद के साथ पार पहुंचने लगी। उस समय भवानंद क्रुद्ध गजराज हो रहे थे। पुल की संकरी जगह पर तोप लगाकर वे लगे गोरी वाहिनी का नाश करने लगे। दल-के-दल गोरे सैनिक तोप छीनने के लिए आगे बढते थे और मरकर ढेर बन जाते थे। उस समय ये बीस युवक अजेय थे। ये लोग शीघ्रता इसलिए कर रहे थे कि अंग्रेजो की शेष तोपें पहुंचने से पहले तक ही यह सारी अजेय लीला है, लेकिन भगवान को तो कुछ और ही करना था। एकाएक जंगल के अंदर से बहुत-सी तोपों का गर्जन सुनाई पड़ने लगा। दोनों ही दल अवाक्-निस्पंद होकर देखने लगे कि ये किसकी तोपें हैं?

थोडी ही देर में लोगों ने देखा कि जंगल के अंदर से महेंद्र की सत्रह तोपें, तीन तरफ से घेरा बांधे हुए आग उगलती चली आ रही हैं। अंग्रेजों की उस देशी फौज में महामारी आ गई–दल-के-दल साफ होने लगे। यह देख शेष यवन सिपाही भागने लगे। उधर जीवानंद और धीरानंद ने भी जैसे ही वातावरण समझा, वैसे ही उनका सारा क्रोध पलट पड़ा और पलट पड़ी संतान सेना। वे भागती हुई यवन-सेना को घेरने और मारने लगे। अवशिष्ट रह गए यही कोई तीस-चालीस गोरे। वह वीर

जाति वैसे ही डटी रही। अब भवानन्द ने उन पर धावा बोलने के लिए हाथ उठाया ही था कि जीवानंद ने कहा–"भवानंद! महेंद्र की कृपा से पूर्ण रणविजय हुई है; अब व्यर्थ इन्हें मारने से क्या फायदा? चलो, लौट चलें।"

भवानंद ने कहा–"कभी नहीं जीवानंद! तुम खड़े होकर तमाशा देखो। एक के भी जिंदा रहते भवानंद वापस नहीं हो सकता। जीवानंद! तुम्हें कसम है, खड़े होकर चुपचाप देखो। मैं अकेले इन सबको मारूंगा।"

अभी तक कप्तान टॉमस घोड़े पर बंधे हुए थे। भवानंद ने आक्रमण के समय कहा–"उस अंग्रेज को मेरे सामने रखो; पहले यह मरेगा, फिर मैं मरूंगा।"

टॉमस हिंदी समझता था। उसने अपने सिपाहियों को आज्ञा दी–"वीरो! मैं तो मरे के समान हूं। इंग्लैंड की मान-रक्षा करना, तुम्हें मातृभूमि की कसम है! पहले मुझे मारो, इसके बाद प्रत्येक अंग्रेज मारकर अपनी जगह मरे।"

"धांय!" एक शब्द हुआ और तुरंत कप्तान टॉमस मस्तक में गोली लगने से मरकर गिर पडा। यह गोली उसी के एक सिपाही द्वारा चलाई गई थी। इसके बाद उन सबने आक्रमण किया।

अब भवानंद ने कहा–"आओ भाई! अब कौन ऐसा है, जो भीम, नकुल, सहदेव बनकर मेरे साथ मरने को तैयार है?"

इतना कहते ही जीवानंद, धीरानंद और लगभग पच्चीस जवान आ पहुंचे। घोर युद्ध हो रहा था। तलवारें चल रही थीं। धीरानंद भवानंद के पास थे। धीरानंद ने कहा–"भवानंद! क्यों? क्या मरने का किसी का ठेका है क्या?" यह कहते हुए धीरानंद ने एक गोरे को आहत किया।

भवानंद–यह बात नहीं? लेकिन मरने पर तो तुम स्त्री-पुत्र का मुंह देखकर दिन बिता न पाओगे!

धीरानंद–दिल की बात कहते हो? अभी भी नहीं समझे? (धीरानंद ने आहत गोरे का वध किया)।

भवानंद–नहीं (इसी समय एक गोरे के आघात से भवानंद का बायां हाथ कट गया।)।

धीरानंद–मेरी क्या मजाल थी कि तुम जैसे पवित्रात्मा से ये बातें मैं कहता? मैं सत्यानंद का गुप्तचर होकर तुम्हारे पास गया था?

भवानंद उस समय केवल एक हाथ से युद्ध कर रहे थे, बोले–"यह क्या? महाराज का मेरे प्रति अविश्वास?"

धीरानंद ने उनकी रक्षा करते हुए कहा–''कल्याणी के साथ तुम्हारी जितनी बातें हुई थीं, सब उन्होंने स्वयं अपने कानों से सुनीं।''

भवानंद–यह कैसे ?

धीरानंद–वे स्वयं वहां उपस्थित थे। सावधान बचो! (भवानंद ने एक गोरे द्वारा आहत होकर उसे आहत किया) वे कल्याणी को गीता पढ़ा रहे थे, उसी समय तुम आ गए। सावधान! (लेकिन इसी समय भवानंद का दाहिना हाथ भी कट गया।)

भवानंद–मेरी मृत्यु का समाचार उन्हें देना। कहना–मैं अविश्वासी नहीं हूं।

धीरानंद आंखों में आंसू भरे हुए युद्ध कर रहे थे, बोले–''यह वे जानते हैं। उन्होंने मुझसे कह दिया है कि भवानंद के पास रहना, आज वह मरेगा। मृत्यु के समय उससे कहना कि मैं आशीर्वाद देता हूं, परलोक में तुम्हें बैकुंठ प्राप्त होगा।''

भवानंद–संतानों की जय हो! मरते समय एक बार 'वंदेमातरम्' गीत तो सुनाओ।

इस पर धीरानंद की आज्ञा पाकर समस्त उन्मत्त संतानों ने एक साथ 'वंदेमातरम्' गीत गाया। इससे उनकी भुजाओ में दूना बल आ गया। इतनी देर में अवशिष्ट गोरों का वध हो चुका था। रणक्षेत्र में एक भी शत्रु न रह गया।

हा! रमणी के रूप-लावण्य!...इस संसार में तुझे ही धिक्कार है!

रण-विजय के उपरांत नदी तट पर सत्यानंद को घेरकर विजयी सेना विभिन्न उत्सवों में मत्त हो गई। केवल सत्यानंद दुःखी थे–भवानंद के लिए। अब तक संतानों के पास कोई रण-वाद्य नहीं था। अब न मालूम कहां से हजारों नगाड़े, ढोल, भेरी, शहनाई, तुरी, रणसिंघा, दमामा आ गए। तुमुल ध्वनि से नदी, तटभूमि और जंगल कांप उठा। इस प्रकार संतानों ने बहुत देर तक विजय का उत्सव मनाया।

उत्सव के उपरांत सत्यानंद स्वामी ने कहा–''आज भगवान सदय हुए हैं; संतानों की विजय हुई है; धर्म की जय हुई है, लेकिन अभी एक बात बाकी है। जो हम लोगों के साथ इस उत्सव में शरीक न हो सके, जिन्होंने हमारे उत्सव के लिए प्राण उत्सर्ग किए हैं, उन्हें हम लोगों को भूलना न चाहिए–विशेषत: उस वीराग्रगण्य भवानंद को, जिसके अदम्य रण-कौशल से आज हमारी विजय हुई है। चलो, उसके प्रति हम लोग अपना अंतिम कर्तव्य पूरा कर आएं।''

यह सुनते ही संतानगण बड़े समारोह से 'वंदेमातरम्' आदि जय-ध्वनि करते हुए रणक्षेत्र में पहुंचे। वहां उन लोगों ने चंदन-चिता सजाकर आदरपूर्वक भवानंद की लाश

सुलाई और अग्नि प्रज्वलित कर दी इसके बाद वे लोग उस वीर को प्रदक्षिणा करते हुए 'वंदेमातरम्' का गीत गाते रहे। संतान-संप्रदाय विष्णुभक्त है वैष्णव संप्रदाय नहीं। अत: इनके शव जलाए ही जाते थे। इसके उपरांत उस कानन में केवल सत्यानंद, जीवानंद, महेंद्र, नवीनानंद और धीरानंद रह गए। ये पांचों जन परामर्श के लिए बैठ गए।

सत्यानंद ने कहा-"इतने दिनों से हम लोगों ने अपने सर्वकर्म, सर्वसुख त्याग रखे थे, आज यह व्रत सफल हुआ है। अब इस प्रदेश में यवन सेना नहीं रह गई है। जो थोड़ी-बहुत बच गई है, वह एक क्षण भी हमारे सामने टिक नहीं सकती। अब तुम लोग क्या परामर्श देते हो?"

जीवानंद ने कहा-"चलिए, इसी समय चलकर राजधानी पर अधिकार करें।"

सत्यानंद-मेरा भी ऐसा मत है।

धीरानंद-सेना कहां है?

जीवानंद-क्यों, यही सेना है!

धीरानंद-यही सेना है कहां? किसी को देख रहे हैं?

जीवानंद-स्थान-स्थान पर ये लोग विश्राम कर रहे होंगे डंके पर चोट पडते ही इकट्ठे हो जाएंगे।

धीरानंद-एक आदमी भी न पा सकेंगे।

सत्यानंद-क्यों?

धीरानंद-सब इस समय लूट-पाट में व्यस्त हैं। इस समय सारे गांव अरक्षित हैं। यवनों के गांव और रेशम की कोठी लुटने के बाद ही वे लोग घर लौटेंगे। अभी किसी को न पाएंगे, मैं देख आया हूं।

सत्यानंद दुखी हुए, बोले-"जो भी हो, इस समय यह समूचा प्रदेश हमारे अधिकार में आ गया है। अब यहां कोई हमारा प्रतिद्वंद्वी नहीं है। अतएव इस वीरेंद्र भूमि में तुम लोग अपना संतान-राज्य प्रतिष्ठित करो। प्रजा से कर वसूल करो और सैन्य-संग्रह करो। हिंदुओं का राज्य हो गया है, यह सुनकर बहुतेरी संतान सेना तुम्हारे झंडे के नीचे आ जाएगी।"

इस पर जीवानंद आदि ने सत्यानंद को प्रणाम कर कहा-"यदि आज्ञा हो महाराजाधिराज! तो हम लोग इसी जंगल में आपका सिंहासन स्थापित कर सकते हैं।"

सत्यानंद ने अपने जीवन में प्रथम बार क्रोध प्रकट किया, बोले-"क्या कहा? क्या मुझे केवल कच्चा घड़ा ही समझ लिया है? हम लोग कोई राजा नहीं हैं, हम केवल संन्यासी हैं। इस प्रदेश के राजा स्वयं बैकुंठनाथ हैं, यहां प्रजातंत्र राज्य स्थापित होगा।

नगर अधिकारी के बाद तुम्हीं लोग कार्यकर्ता होंगे। मैं तो ब्रह्मचर्य शक्ति के अतिरिक्त और कुछ भी स्वीकार न करूंगा। अब तुम लोग अपने-अपने काम में लगो।''

इस पर चारों व्यक्ति प्रणाम करने के बाद उठ गए। सत्यानंद ने इशारे से महेंद्र को बैठे रहने के लिए कहा, अत: वे तीनों चले गए। अब सत्यानंद ने महेंद्र से कहा–''तुम लोगों ने विष्णुमंडप में शपथ ग्रहण कर सनातन धर्म स्वीकार किया था। भवानंद और जीवानंद दोनों ने ही प्रतिज्ञा भंग की है। भवानंद ने स्वीकृत प्रायश्चित्त कर लिया। हमें इस बात का भय है कि कहीं जीवानंद भी किसी दिन प्रायश्चित्त न कर बैठे, लेकिन मेरा किसी निगूढ़ कारणवश विश्वास है कि वह अभी ऐसा न करेगा। अकेले तुम्हीं ने अपनी प्रतिज्ञा पूरी की है। अब संतानों का कार्योद्धार हो गया है। तुम्हारी प्रतिज्ञा थी कि जब तक संतानों का कार्योद्धार न होगा, स्त्री-कन्या का मुंह न देखोगे। अब कार्योद्धार हो चुका है, अत: तुम फिर गृहस्थ जीवन अपना सकते हो।''

महेंद्र की आंखों से आंसू की धारा बह निकली। बड़े कष्ट से महेंद्र ने कहा–''महाराज! किसे लेकर गृहस्थ बनूं? स्त्री ने आत्महत्या कर ली, कन्या कहां है–पता नहीं! कहां-कहां खोजता फिरूंगा? कुछ भी तो नहीं जानता।''

इस पर सत्यानंद ने नवीनानंद को बुलाकर कहा–''महेंद्र, ये नवीनानंद गोस्वामी हैं–बहुत ही पवित्रचित्त और मेरे परम प्रिय शिष्य हैं। तुम्हारी कन्या की खोज कर देंगे।'' यह कहकर सत्यानंद ने शांति को कुछ इशारे से कहा।

शांति संकेत समझकर और प्रणाम कर विदा होना चाहती थी कि इसी समय महेंद्र ने कहा–''तुम्हारे साथ कहां मुलाकात होगी?''

शांति ने कहा–''मेरे आश्रम में आइए।'' यह कहकर शांति आगे-आगे चली।

महेंद्र भी सत्यानंद की पदवंदना कर विदा हुए, फिर शांति के साथ-साथ उसके आश्रम में उपस्थित हुए? उस समय काफी रात बीत चुकी थी, फिर भी विश्राम न कर शांति ने नगर की तरफ यात्रा की। सबके चले जाने पर सत्यानंद भूमि पर प्रणत होकर भगवान की वंदना और हरि-सुमिरण करने लगे। पौ फट रही थी। इसी समय किसी ने आकर उनके मस्तक का स्पर्श कर कहा–''मैं आ गया हूं।''

ब्रह्मचारी ने उठकर और चकित व्यग्र भाव से कहा–''आप आ गए क्या!''

जो आए थे, उन्होंने कहा–''दिन पूरे हो गए।''

ब्रह्मचारी ने कहा–''हे प्रभु! आज क्षमा कीजिए। आगामी माघी पूर्णिमा को मैं आपकी आज्ञा का पालन करूंगा।''

चतुर्थ खंड

''वंदे मातरम्!
सुजलां सुफलां मलयजशीतलाम्
शस्यश्यामला मातरम्...।
त्वं हि दुर्गा दशप्रहरण धारिणीं,
कमला कमल-दल-विहारिणीं।
वाणी विद्यादायिनीं नमामि त्वं,
नमामि कमलां, अमलां, अतुलाम्।
सुजलां, सुफलां, मातरम्।।
वंदे मातरम्!''

1

उस रात को हरिध्वनि के तुमुलनाद से प्रदेश भूमि परिपूर्ण हो गई। संतानों के दल-के-दल उस रात यत्र-तत्र 'वंदेमातरम' और 'जय जगदीश हरे' के गीत गाते हुए घूमते रहे। कोई शत्रु-सेना का शस्त्र तो कोई वस्त्र लूटने लगा। कोई मृत देह के मुंह पर पदाघात करने लगा, तो कोई दूसरी तरह का उपद्रव करने लगा। कोई गांव की तरफ तो कोई नगर की तरफ पहुंचकर राहगीरों और गृहस्थों के साथ वंदेमातरम् गीत गाने लगा। कोई मैदा-चीनी की दुकान लूट रहा था, तो कोई ग्वालों के घर पहुंचकर हांडी-भर दूध ही छीनकर पीता था। कोई कहता—"हम लोग ब्रज के गोप आ पहुंचे, गोपियां कहां हैं?"

उस रात में गांव-गांव में, नगर-नगर में महाकोलाहल मच गया। सभी चिल्ला रहे थे–"यवन हार गए; देश हम लोगों का हो गया। भाइयो! हरि-हरि कहो!"

राज-कर्मचारी व्यस्त हो गए। अवशिष्ट सिपाहियों को सुसज्जित कर नगर की रक्षा के लिए स्थान-स्थान पर नियुक्त किया जाने लगा। नगर के किले में स्थान-स्थान पर, परिखाओं पर और फाटक पर सिपाही रक्षा के लिए एकत्रित हो गए।

संतान सेना की जीत की खबर कल्याणी के कानों में भी पहुंची। आबाल-वृद्ध-वनिता किसी से भी बात छिपी न रही।

कल्याणी ने मन-ही-मन कहा–'जय जगदीश हरे! आज तुम्हारा कार्य सिद्ध हुआ। आज मैं स्वामी-दर्शन के लिए यात्रा करूंगी। हे प्रभु! आज मेरी सहायता करो।'

रात गहरी होते ही कल्याणी शैया से उठी और उसने पहले खिड़की खोलकर राह देखी। राह सूनी पड़ी हुई थी–कोई राह में न था, तब उसने धीरे से दरवाजा खोलकर गौरी देवी का घर त्यागा। शाही राह पर आकर उसने मन-ही-मन भगवान को स्मरण कर कहा–"देव! आज पदचिह्न का दर्शन करा दो।"

कल्याणी नगर के किनारे पहुंची।

पहरेवाले ने आवाज दी–"कौन जाता है?"

कल्याणी ने डरकर उत्तर दिया–"मैं औरत हूं!"

पहरेदार ने कहा–"जाने का हुक्म नहीं है।"

वह आवाज जमादार के कान में पहुंची। उसने कहा–"जाने की मनाही नहीं है; जाने की मनाही नहीं है।"

यह सुनकर पहरेवाले ने कहा–"जाने की मनाही नहीं है माई! जाओ, लेकिन आज रात को बड़ी आफत है। कौन जाने माई! किसी आफत में पड़ जाओ–डाकुओं के हाथ में पड़ जाओ, कोई नहीं जानता? आज तो न जाना ही अच्छा है।"

कल्याणी ने कहा–"बाबा! मैं भिखारिन हूं। मेरे पास एक कौड़ी भी नहीं है। डाकू मुझे पकड़कर क्या करेंगे?"

पहरेवाले ने कहा–"उम्र तो है माईजी! उम्र तो है न! दुनिया में वही तो जवाहरात है, बल्कि हमी डाकू हो सकते हैं!"

कल्याणी ने देखा, बड़ी विपद है; वह धीरे से सरक गई और फिर तेजी से आगे बढ़ी! पहरेदार ने देखा कि औरत रसिक मिजाज नहीं थी, लाचार होकर पहरे पर बैठा गांजे का दम लगाकर ही संतुष्ट हो गया। उस रात राह में दल-के-दल घूम रहे थे।

कोई मार-मार कहता है, तो कोई भागो-भागो चिल्लाता है। कोई हंसता है, कोई रोता है, कोई राह में किसी को देखकर पकड़ लेता है।

कल्याणी बड़ी विपदा में पड़ी राह मालूम नहीं और फिर किसी से पूछ भी नहीं सकती, केवल छिपती हुई राह चलने लगी। छिपते-छिपते एक विद्रोही दल के हाथ में पड़ गई। वे लोग चिल्लाकर पकड़ने दौड़े। कल्याणी प्राण लेकर जंगल के अंदर घुसकर भागी। वे सब शोर मचाते हुए पकड़ने के लिए पीछे दौड़े।

आखिर एक ने आंचल पकड़ लिया, बोला-''वाह री, चंद्रमुखी।''

इसी समय एक और आदमी अकस्मात् पहुंच गया और अत्याचारी की पीठ पर उसने एक लाठी जमाई; वह आहत होकर भागा।

परित्राणकर्ता का वेश संन्यासियों का था और उसकी छाती ढकी हुई थी! उसने कल्याणी से कहा-''तुम भय न करो। मेरे साथ आओ-कहां जाओगी?''

कल्याणी-पदचिह्न।

आगंतुक चौंक उठा, विस्मित हुआ; पूछा-''क्या कहा? पदचिह्न?'' यह कहकर वह कल्याणी के दोनों कंधों पर हाथ रखकर गौर से चेहरा देखने लगा।

कल्याणी अकस्मात् पुरुष-स्पर्श से भयभीत तथा रोमांचित होकर रोने लगी। इतनी हिम्मत नहीं हुई कि भाग सके। आगतुक ने भरपूर देख लेने के बाद कहा-''ओ हो, पहचान गया! तुम्हीं डायन कल्याणी हो?''

कल्याणी ने भयविह्वल होकर पूछा-''आप कौन हैं?''

आगंतुक ने कहा-''मैं तुम्हारा दासानुदास हू। हे सुंदरी! मुझ पर प्रसन्न हो।''

कल्याणी बड़ी तेजी से वहां से हटकर गर्जन करते हुए बोली-''क्या इसी अपमान के लिए ही आपने मेरी रक्षा की थी? देखती हूं, ब्रह्मचारियों का क्या यही धर्म है? आज मैं नि:सहाय हूं, नहीं तो तुम्हारे चेहरे पर लात लगाती।''

ब्रह्मचारी ने कहा-''अयि स्मितवदने! मैं बहुत दिनों से तुम्हारे पुष्प समान कोमल शरीर के आलिंगन की कामना कर रहा हू?'' यह कह दौड़कर ब्रह्मचारी ने कल्याणी को पकड़ लिया और जबरदस्ती छाती से लगा लिया।

अब कल्याणी खिलखिलाकर हस पड़ी, बोली-''यह तुम्हारा कपाल है। पहले ही कह देना था-भाई, मेरी भी यही दशा है।''

यह आगंतुक नवीनानंद के रूप में जीवानंद की प्रिय पत्नी शांति देवी थीं।

शांति ने पूछा-'' क्यों भाई! महेंद्र की खोज में चली हो?''

कल्याणी ने कहा-''तुम कौन हो? तुम तो सब कुछ जानती हो!''

शांति बोली–"मैं ब्रह्मचारी हूं, संतान सेना का अधिनायक-घोरतर वीर पुरुष! मैं सब जानता हूं। आज राह में सिपाहियों का बहुत हुड़दंग और ऊधम मचा है। अत: आज तुम पदचिह्न न जा सकोगी!"

कल्याणी रोने लगी।

शांति ने त्योरी बदलकर कहा–"डरती क्यों हो? हम अपने नयनबाणों से हजारों का वध कर सकते हैं–चलो, पदचिह्न चलें।"

कल्याणी ने ऐसी बुद्धिमती स्त्री की सहायता पाकर मानो हाथ बढ़ाकर स्वर्ग पा लिया, बोली–"तुम जहां कहोगी, वहीं चलूंगी।"

शांति कल्याणी को लेकर जंगल की राह से चल पड़ी

2

जब आधी रात को शांति अपना आश्रम त्यागकर नगर की तरफ चली, तो उस समय जीवानंद वहां उपस्थित थे।

शांति ने जीवानंद से कहा—‘‘मैं नगर की तरफ जाती हूं। महेंद्र की स्त्री को ले आऊंगी। तुम महेंद्र से कह दो कि तुम्हारी स्त्री जीवित है।’’

जीवानंद ने भवानंद से कल्याणी के जीवन की सारी बातें सुनी थीं और उसका वर्तमान वास-स्थान भी सुन चुके थे। क्रमश: ये सारी बातें वे महेंद्र को सुनाने लगे। पहले तो महेंद्र को विश्वास न हुआ। अंत में अपार आनंद से अभिभूत होकर अवाक् हो गए। उस रात के बीतने पर सवेरे, शांति की सहायता से महेंद्र के साथ कल्याणी की मुलाकात हुई। निस्तब्ध जंगल के बीच अतिघनी शालतरू श्रेणी की अंधेरी छाया के बीच, पशु-पक्षियों की निद्रा टूटने से पहले उन लोगों का परस्पर मिलन हुआ। म्लान अरण्य में फूटने

वाली पहली आभामयी किरणें और नक्षत्रराज ही साक्षी थे। दूर शिला-संघर्षिणी नदी का कल-कल प्रवाह हो रहा था तो कहीं अरुणोदय की लालिमा से प्रफुल्ल-हृदय कोकिल की 'कुहू-कुहू' ध्वनि सुनाई पड़ जाती थी।

क्रमशः एक पहर दिन चढा। वहां शांति और जीवानंद आए।

कल्याणी ने शांति से कहा–"मैं आप लोगों के हाथों बिना मूल्य के बिक चुकी हूं। मेरी कन्या का पता लगाकर मेरे उस उपकार को पूर्ण कीजिए।"

शांति ने जीवानंद के चेहरे की तरफ देखकर कहा–"मैं अब सोऊंगा। आठ पहर बीते, मैं बैठा तक नहीं। आखिर मैं भी पुरुष हूं!"

कल्याणी जरा मुस्करा दी।

जीवानंद ने महेंद्र की तरफ देखकर कहा–"यह भार मेरे ऊपर रहा। आप लोग पदचिह्न की यात्रा कीजिए–वहीं आपकी कन्या पहुंचा दूंगा!"

जीवानंद भैरवीपुर निवासी बहन के पास से लड़की लाने चले, पर यह कार्य सरल न था! पहले तो निमाई बात ही खा गई। इधर-उधर ताका, फिर एकबारगी उसका मुंह फूलकर कुप्पा हो गया! इसके बाद वह रो पड़ी, बोली–"लड़की न दूंगी।"

निमाई अपनी उल्टी हथेलियों से आंसू पोंछने लगी।

जीवानंद ने कहा–"अरे बहन! तू रोती क्यों है? पदचिह्न ऐसा दूर भी तो नहीं है–न हो, बीच-बीच में उन लोगों के घर जाकर लडकी को देख आया करना।"

निमाई ने होंठ फुलाकर कहा–"तो तुम लोगों की लड़की है, ले क्यों नहीं जाते? मुझसे क्या मतलब?" यह कहकर निमाई लड़की को उठा लाई और जीवानंद के पैर के पास पटककर वहीं बैठकर रोने लगी।

जीवानंद और कोई फुसलाने की राह न देखकर इधर-उधर की बातें करने लगे, लेकिन निमाई का क्रोध न गया। निमाई उठकर सुकुमारी के पहनने के कपड़े, उसके खेलने के खिलौने–बोझ के बोझ लाकर जीवानंद के सामने पटकने लगी। सुकुमारी स्वयं उन सबको बटोरने लगी। उसने निमाई से पूछा–"क्यों मां! मैं कहां जाऊंगी?"

निमाई सह न सकी। उसने सुकुमारी को गोद में उठा लिया और वहां से चली गई।

पदचिह्न के नए दुर्ग में आज बड़े सुख से महेंद्र, कल्याणी, जीवानंद, शांति, निमाई और उसके पति और सुकुमारी–सब एकत्र हैं। सब आज सुख में विभोर हैं–आनंदमग्न हैं।

शांति जिस रात कल्याणी को ले आई, उसी रात उसने कह दिया था कि वह अपने पति महेंद्र से यह न कहे कि नवीनानंद जीवानंद की पत्नी है।

एक दिन कल्याणी ने उसे अंतःपुर में बुला भेजा! नवीनानंद अंतःपुर में घुस गया। प्रहरी उसे रोकने का प्रयास करते रहे, लेकिन उसने प्रहरियों की एक न सुनी।

शांति ने कल्याणी के पास आकर पूछा—"क्यों बुलाया है?"

कल्याणी—पुरुष वेश में कितने दिनों तक रहेगी? न मुलाकात हो पाती है, न बातें होती हैं। मेरे पति के सामने तुम्हें प्रकट होना पड़ेगा।

नवीनानंद बड़ी चिंता में डूब गए—कुछ देर तक बोले ही नहीं। अंत में बोले—"इसमें अनेक विघ्न हैं कल्याणी!"

दोनों में इसी तरह बातें होने लगीं। इधर जो प्रहरी नवीनानंद को जोर देकर अंतःपुर में जाने से मना कर रहे थे, उन्होंने महेंद्र से जाकर कहा कि नवीनानंद जबरदस्ती, मना करने पर भी अंदर चले गए हैं। कौतूहलवश महेंद्र भी अंतःपुर में गए। महेंद्र ने सीधे कल्याणी के कमरे में जाकर देखा कि नवीनानंद कमरे में खडे हैं और कल्याणी उनके शरीर के बाघंबर की गांठ खोल रही है। महेंद्र बड़े अचंभे में आए—बहुत ही नाराज हुए

नवीनानंद ने उन्हें देख हंसकर कहा—"क्यों गोस्वामीजी! संतान पर अविश्वास?"

महेंद्र ने पूछा—"क्या भवानंद विश्वासी थे?"

नवीनानंद ने आंखें दिखाकर कहा—"कल्याणी क्या भवानंद के शरीर पर हाथ रखकर बाघ की खाल खोलती थी?" यह कहते हुए शांति ने कल्याणी का हाथ दबाकर पकड लिया, बाघंबर खोलने न दिया।

महेंद्र—तो इससे क्या हुआ?

नवीनानंद—मुझ पर अविश्वास कर सकते हैं, लेकिन कल्याणी पर कैसे अविश्वास कर सकते हैं?

अब महेंद्र अप्रतिभ हुए, बोले—"कहां, मैं अविश्वास कब करता हूं?"

नवीनानंद—नहीं तो मेरे पीछे अंतःपुर में क्यों आ उपस्थित हुए?

महेंद्र—कल्याणी से कुछ बातें करनी थीं, इसलिए आया हूं।

नवीनानंद—तो इस समय जाइए! कल्याणी के साथ मुझे भी कुछ बातें करनी हैं। आप चले जाइए, मैं पहले बात करूंगा। आपका तो घर है आप जब चाहे आकर बात कर सकते हैं। मैं तो बड़े कष्ट से आ पाया हूं।

महेंद्र बेवकूफ बन गए। वे कुछ भी समझ न पाते थे—यह सब बात तो अपराधियों जैसी नहीं है। कल्याणी का भाव भी विचित्र है। वह भी तो अविश्वासिनी की तरह भागी नहीं, न डरी, न लज्जित ही हुई, वरन् मृदु भाव से मुस्करा रही है। वही कल्याणी, जिसने पेड़ के नीचे सहज ही विष खा लिया—वह क्या अपराधिनी हो सकती है ? महेंद्र के मन में यही तर्क-वितर्क हो रहा था। इसी समय शांति ने महेंद्र की यह दुरवस्था देख, कुछ मुस्कराकर कल्याणी की तरफ एक विलोल कटाक्षपात किया। सहसा अंधकार मिट गया—भला ऐसा कटाक्षपात भी कभी पुरुष कर सकते हैं। समझ गए कि नवीनानंद कोई स्त्री है, फिर भी शक था। उन्होंने साहस बटोरा और आगे बढ़कर एक झटके से नवीनानंद की दाढ़ी खींच ली—दाढ़ी-मूंछ हाथ में आ गई। इसी समय अवसर पाकर कल्याणी ने बाघंबर की गांठ खोल दी—पकड़ी जाने पर शांति शरमाकर सिर नीचा कर खडी रह गई।

अब महेंद्र ने शांति से पूछा—"तुम कौन हो ?"

शांति—श्रीमान नवीनानंद गोस्वामी ?

महेंद्र— वह तो ठगी थी, तुम तो स्त्री हो!

शांति—यह तो देखते ही हैं आप!

महेंद्र—तब एक बात पूछूं—तुम स्त्री होकर जीवानंद के साथ हर समय क्यों रहती थी ?

शांति—यह बात आपको न बताऊंगी।

महेंद्र—तुम स्त्री हो, यह जीवानंद स्वामी जानते हैं ?

शांति—जानते हैं।

यह सुनकर विशुद्धात्मा महेंद्र बहुत दुखी हुए।

यह देखकर अब कल्याणी चुप न रह सकी, बोली—"ये जीवानंद स्वामी की धर्मपत्नी शांति देवी हैं ?"

एक क्षण के लिए महेंद्र का चेहरा प्रसन्न हो उठा। इसके बाद ही उनका चेहरा फिर गंभीर हो गया। कल्याणी समझ गई, अंत: बोली—"ये पूर्ण ब्रह्मचारिणी हैं।"

3

उत्तर बंगाल यवनों के हाथ से निकल गया—यह बात यवन मानते नहीं, दलील पेश करते हैं कि बहुतेरे डाकुओं का उपद्रव है—शासन तो हमारा ही है। इस तरह कितने वर्ष बीत गए नहीं कहा जा सकता, लेकिन भगवान की इच्छा से वारेन हेस्टिंग्स इसी समय कलकत्ता में गवर्नर जनरल होकर आए।

वारेन हेस्टिंग्स मन-ही-मन संतोष करने वाले आदमी न थे, अन्यथा भारत में अंग्रेजी साम्राज्य स्थापित न कर पाते। उन्होंने तुरंत संतानों के दमनार्थ मेजर एडवर्ड नाम के एक दूसरे सेनापति को खड़ा कर दिया। मेजर ताजादम गोरी फौज लेकर तैयार हो गए।

एडवर्ड ने देखा कि यह यूरोपीय युद्ध नहीं है। शत्रुओं की सेना नहीं, नगर नहीं, राजधानी नहीं, दुर्ग नहीं, फिर भी सब उनके अधीन हैं। जिस दिन जहां ब्रिटिश सेना का पड़ाव होता, उस दिन वहां ब्रिटिश अधिकार रहता। दूसरे दिन शिविर टूटते ही फिर 'वंदेमातरम्' की ध्वनि गूंजने लगती। साहब सर पटककर रह गए, पर यह पता न लगा कि एक क्षण में कहां से टिड्डियों की तरह विद्रोही सेना इकट्ठी हो जाती है, ब्रिटिश अधिकृत गांवों को फूंक देती है और रक्षकों की छोटी टुकड़ियों का सफाया करने के बाद फिर गायब हो जाती है?

बड़ी खोज के बाद मेजर एडवर्ड को मालूम हुआ कि पदचिह्न में संतानों ने दुर्ग-निर्माण कर रखा है। अत: एडवर्ड ने उसी दुर्ग पर अधिकार करना युक्तिसंगत समझा।

वह खुफियों द्वारा यह पता लगाने लगा कि पदचिह्न में कितनी संतान सेना रहती है। उसे जो समाचार मिला, उससे उस समय उसने दुर्ग पर आक्रमण करना उचित समझा। मन-ही-मन उसने एक अपूर्व कौशल व्यूह की रचना की।

माघी पूर्णिमा आने वाली थी। मेजर को पता चला कि उनके शिविर के निकट ही नदी तट पर बहुत बड़ा मेला लगेगा। इस बार मेले की बड़ी तैयारी है। मेले में सहज ही कोई एक लाख आदमी एकत्र होते हैं। इस बार वैष्णव राजा हुए हैं—शासक हुए हैं, अत: वैष्णवों ने इस बार मेले में आने का संकल्प कर लिया है। पदचिह्न के रक्षक भी अवश्य ही मेले में पहुंचेंगे, इसकी कल्पना मेजर ने कर ली। उन्होंने निश्चय किया कि पदचिह्न पर उसी समय आक्रमण कर अधिकार करना चाहिए।

यह सोचकर मेजर ने अफवाह उड़ा दी कि वे मेले पर आक्रमण करेंगे, उसी दिन वहां तमाम वैष्णव संतान इकट्ठे रहेंगे, अत: एक बार में ही उनका समूल विध्वंस होगा—वे वैष्णवों का मेला होने न देंगे।

यह खबर गांव-गांव में प्रचारित की गई। अत: स्वभावत: जो संतान जहां था, वह वहीं से अस्त्र ग्रहण कर मेले की रक्षा के लिए चल पड़ा। सभी संतानें माघी पूर्णिमा के मेले वाले नदी तट पर आकर एकजुट होने लगे।

मेजर साहब ने जो जाल फेंका था, वह सही साबित होने लगा। अंग्रेजों के सौभाग्य से महेंद्र ने भी उस जाल में पांव डाल दिया। महेंद्र ने पदचिह्न में थोड़ी-सी सेना छोड़कर शेष सारी सेना के साथ मेले के लिए प्रयाण किया।

यह सब होने से पहले ही जीवानंद और शांति पदचिह्न से बाहर निकल गए थे। उस समय तक युद्ध की कोई बात नहीं थी, अत: युद्ध की तरफ उनका कोई ध्यान

भी न था। माघी पूर्णिमा के दिन पवित्र जल में प्राण-विसर्जन कर वे लोग अपना प्रायश्चित्त करेंगे, यह पहले से निश्चित हो चुका था। राह में जाते-जाते उन्होंने सुना कि मेले में समस्त संतानों पर अंग्रेजों का आक्रमण होगा तथा भयानक युद्ध होगा। इस पर जीवानंद ने कहा—"तब चलो, युद्ध में ही प्राण-विसर्जन करेंगे।"

वे लोग जल्दी-जल्दी मेले की ओर चले। एक जगह रास्ता टीले के ऊपर से गया था। टीले पर चढ़कर वीर दंपती ने देखा कि नीचे थोड़ी दूर पर अंग्रेजों का शिविर पड़ा हुआ है।

शांति ने कहा—"मरने की बात इस समय ताक पर रखो, बोलो—वंदेमातरम्!"

इस विषय में जीवानंद और शांति ने ही चुपके-चुपके कुछ सलाह की। जीवानंद पास के एक जंगल में छिप गए। शांति एक दूसरे जंगल में घुसकर अद्भुत कांड में प्रवृत्त हुई

शांति मरने जा रही थी, लेकिन उसने मृत्यु के समय स्त्री-वेश धारण करने का निश्चय किया था। महेंद्र ने कहा था कि उसका पुरुष वेश ठगी है, ठगी करते हुए मरना उचित नहीं। अतः वह साथ में अपना पिटारा लाई थी। उसमें उसकी पोशाक रहती थी। इस समय नवीनानंद पिटारा खोलकर अपना वेश परिवर्तन करने बैठे।

चिकने बालों को पीठ पर फहराते हुए, उस पर खैर का टीका-फटीका लगाकर नवीन लता-पुष्पों से सर ढककर शांति खासी वैष्णवी बन गई। सारंगी उसने हाथ में ले ली। इस तरह वह अंग्रेज शिविर पहुंच गई। काली मूंछों वाले सिपाही उसे देखकर पागल हो उठे। चारों तरफ से लोगों ने उसे घेरकर गवाना शुरू किया। कोई ख्याल गवाता, तो कोई टप्पा, कोई गजल। किसी ने दाल दी, किसी ने चावल, तो किसी ने मिठाई। किसी ने पैसे दिए, तो किसी ने चवन्नी ही दे दी। इसी तरह वैष्णवी अपनी आंखों से शिविर का हाल-चाल देखती हुई घूमने लगी।

सिपाहियों ने पूछा—"अब कब आओगी?"

वैष्णवी ने कहा—"कैसे बताऊं, मेरा घर बड़ी दूर है।"

सिपाहियों ने पूछा—"कितनी दूर?"

वैष्णवी ने कहा—"मेरा घर पदचिह्न में है।"

एक सिपाही ने सुना था कि मेजर साहब पदचिह्न की खबर लिया करते हैं, तुरंत वह वैष्णवी को मेजर साहब के शिविर में ले गया। मेजर साहब को देखकर वैष्णवी

ने मधुर कटाक्ष का बाण छोड़ा। मेजर साहब का तो सर चक्कर खा गया। वैष्णवी तुरंत खंजड़ी बजाकर गाने लगी–

''मलेच्छ निवहनितमे कलयसि करवालम्''

साहब ने पूछा–''ओ बीबी! टोमारा घड़ कहां?''

शांति बोली–''मैं बीबी नहीं हूं, वैष्णवी हूं। मेरा घर पदचिह्न में है।''

साहब–ह्वेयर इज दैट एडचिन पेडसिन? होआं तो एक ठो घड़ हाय?

वैष्णवी बोली–''घर है?''

साहब–घर नई–गड़-गड़–नई–गड़।

शांति–साहब! मैं समझ गई, गढ़ कहते हो?

साहब–येस-येस, गड़-गड़...हाय?

शांति–गढ़ है–भारी किला है।

साहब–केहा आडमी?

शांति–गढ़ में कितने लोग रहते हैं? करीब बीस-पच्चीस हजार।

साहब–नांसेंस-एक ठो केल्ला में दो-चार हजार हने सकटा। अबी वहीं पर हाय कि सब चला गिया?

शांति–वे सब मेले में चले जाएंगे!

साहब–मेला में टोम कब आया वहां से?

शांति–कल आए हैं साहब!

साहब–ओ लोग आज निकेल गिया होगा?

शांति मन-ही-मन सोच रही थी–'तुम्हारे बाप के श्राद्ध के लिए यदि मैंने भात न चढ़ाया, तो मेरी रसिकता व्यर्थ है। कितने सियार तेरा मुंड खाएंगे, मैं देखूंगी।' प्रकट रूप में बोली-''साहब! ऐसा हो सकता है, ऐसा हो सकता है। आज चला गया हो सकता है। इतनी खबर मैं नहीं जानती। वैष्णवी हूं, मांगकर खाती हूं–गाना गाती हूं, तब आधा पेट भोजन पाती हूं। इतनी खबर मैं क्या जानूं? बकते-बकते गला सूख गया–पैसा दो, मैं जाऊं और अच्छी तरह बख्शीश दो, तो परसों खबर दूं।''

साहब ने झन से एक रुपया फेंकते हुए कहा–''परसों नहीं, बीबी!''

शांति बोली–''दुर बेटा, वैष्णवी कहो, बीबी क्या?''

साहब–परसू नहीं, आज रात को खबर मिलने चाही।

शांति–बंदूक माथे के पास रखकर नाक में कड़वा तेल छुड़वाकर सोओ। आज

ही मैं दस कोस राह तय कर जाऊं और आज ही फिर लौट आऊं और तुम्हें खबर दूं? घासलेटी कहीं के!

साहब—घासलेटी किसको बोलता?

शांति—जो भारी वीर, जेनरल होता है।

साहब—ग्रेट जेनरल हाम होने सकता। हम-क्लाइव का माफिक, लेकिन आज ही हमको खबर मेलना चाही। सौ रूपी बख्शीश देगा।

शांति—सौ दो, हजार दो, बीस हजार दो—पर आज रात-भर में मैं इतना नहीं चल सकती।

साहब—घोड़े पर?

शांति—घोड़ा चढ़ना जानती तो तुम्हारे तंबू में आकर भीख मांगती?

साहब—एक दूसरा आदमी ले जाएगा।

शांति—गोद में बैठाकर ले जाएगा? मुझे लज्जा नहीं है?

साहब—केया मुस्किल! पान सौ रूपी देगा।

शांति—कौन जाएगा—तुम खुद जाएगा?

इस पर एडवर्ड ने पास में खड़े एक युवक अंग्रेज को दिखाकर कहा—"लिंडले, तुम जाओ!"

लिंडले ने शांति का रूप-यौवन देखकर कहा—"बड़ी खुशी से!"

इसके बाद बड़ा जानदार अरबी घोड़ा सजकर आ गया, लिंडले भी तैयार हो गया। शांति को पकड़कर वह घोड़े पर बैठने चला। शांति ने कहा—"छिः, इतने आदमियों के सामने? क्या मुझे लज्जा नहीं है? आगे चलो, बाहर चलकर घोड़े पर चढ़ेंगे।"

लिंडले घोड़े पर चढ़ गया। घोड़ा धीरे-धीरे चला, शांति पीछे-पीछे पैदल चली। इस तरह वे लोग छावनी से बाहर आए।

शिविर के बाहर एकांत आने पर शांति लिंडले के पैर-पर-पैर रखकर एक छलांग में पीठ पर पहुंच गई। लिंडले ने हंसकर कहा—"तुम तो पक्का घुड़सवार

शांति—हम लोग ऐसे पक्के घुड़सवार हैं कि तुम्हारे साथ चढ़ने में लज्जा लगती है। छी:, रकाब के सहारे तुम लोग चढ़ते हो?"

लिंडले ने मारे शान के रकाब से पैर निकाल लिया। इसी समय शांति ने पीछे से लिंडले को गला पकड़कर धक्का दिया। वह तड़ाक से घोड़े पर से गिरा। घोड़ा

भी भड़क उठा, फिर क्या था! शांति ने एक एड़ लगाई और घोड़ा हवा से बातें करने लगा।

शांति चार वर्ष तक संतानों के साथ रहकर पक्की घुड़सवार हो गई थी। बिना सीखे क्या जीवानंद का साथ दे सकती थी? लिंडले का पैर टूट गया और वह कराहने लगा। शांति हवा में उड़ती जाती थी।

जिस वन में जीवानंद छिपे हुए थे, वहां पहुंचकर शांति ने जीवानंद को सारा समाचार सुनाया।

जीवानंद ने कहा–''तो मैं शीघ्र जाकर महेंद्र को सतर्क करूं! तुम मेले में जाकर सत्यानंद को खबर दो। तुम घोड़े पर जाओ, ताकि प्रभु शीघ्र समाचार पा

इस तरह दोनों आदमी दो तरफ रवाना हुए। यह कहना व्यर्थ है कि शांति फिर नवीनानंद के रूप में हो गई।

4

एडवर्ड भी पक्का अंग्रेज जनरल था। छोटी घाटी में उसके आदमी थे—शीघ्र ही उन्हें खबर मिली कि उस वैष्णवी ने लिंडले को घोड़े से गिराकर स्वयं रास्ता लिया। सुनते ही एडवर्ड ने हुक्म दिया—"टेंट उखाड़ो—उस शैतान का पीछा करो!"

खटाखट तंबुओं के खूंटों पर हथौड़े पड़ने लगे। मेघरचित अमरावती की तरह सवार घोड़ों पर और पदातिक पैदल चलने को तैयार हो गए। हिंदू,

मुसल्मान, मद्रासी, गोरे, बंदूक कंधे पर लिये चल पड़े। तोपें खच्चरों द्वारा खींची जाने पर घरर-घरर करती चल पड़ीं।

इधर महेंद्र संतान सेना के साथ मेले की तरफ अग्रसर हुए। उसी दिन शाम को महेंद्र ने सोचा अंधेरा हो चला, अब शिविर डलवा देना चाहिए।

उसी समय पड़ाव डाल देना ही उचित जान पड़ा। संतानों का शिविर कैसा? पेड़ के तनों से लगकर छाया में सब चित-पट सो रहे। उन्होंने हरिचरणामृत पान कर डकार ली। जो कुछ भूख बाकी थी, स्वप्न में वैष्णवी के अधर-रस का पान कर उसे पूरा करने लगे।

जहां पड़ाव हुआ था, वहां बहुत सुंदर आम्र-कानन के पास ही एक बड़ा टीला था। महेंद्र ने सोचा कि इसी टीले पर यदि पड़ाव हो तो कितना सुखद हो! मन हुआ कि टीले को देख लेना चाहिए।

यह सोचकर महेंद्र घोड़े पर चढ़कर धीरे-धीरे टीले पर चढ़ने लगे। अभी तक टीले पर आधा ही चढ़े थे कि उनकी संतान सेना में एक युवक वैष्णव आ पहुंचा। उसने संतानों से कहा—''चलो, टीले पर चढ़ चलें।''

उसके समीप जो सैनिक खड़े थे, उन्होंने पूछा—''क्यों ?''

यह सुनकर वह योद्धा एक छोटी चट्टान पर खड़ा हो गया, उसने ललकारकर कहा—''आओ वीरो! आज इसी टीले पर चढ़कर चांदनी का आनंद और मधुर वन्य पुष्पों का सौरभ-पान करते हुए शत्रुओं से बदला लें...युद्ध करें।''

संतानों ने देखा कि यह योद्धा और कोई नहीं, हमारे वीर सेनापति जीवानंद हैं।

इस पर सारी सेना 'हरे मुरारे!' कहती हुई गगनभेदी जयोल्लास से हुंकार करती हुई, भालों पर बोझा दे उठ खड़ी हुई और जीवानंद के पीछे-पीछे टीले पर चढ़ने लगी।

एक ने सजा हुआ घोड़ा जीवानंद को लाकर दिया। दूर से महेंद्र ने जो यह देखा, तो विस्मित हुए। सोचने लगे—यह क्या? बिना कहे ये सब क्यों चले आ रहे हैं।

यह सोचकर महेंद्र ने तुरंत घोड़े का मुंह फिराया और एड़ लगाते ही धूल का बादल उड़ाते हुए नीचे आए। संतानवाहिनी के अग्रवर्ती जीवानंद को देखकर उन्होंने पूछा—'' यह क्या आनंद ?''

जीवानंद ने हंसकर उत्तर दिया—''आज बड़ा आनंद है। टीले के उस पार एडवर्ड पहुंच गए हैं। टीले पर जो पहले पहुंचेगा, उसी की जीत होगी''

इसके बाद जीवानंद ने संतान सेना से कहा–"पहचानते हो? मैं जीवानंद हूं। मैंने सहस्र-सहस्र शत्रुओं का संहार किया है।"

तुमुल निनाद से दिगंत कांप उठे।

सैनिकों ने एक स्वर से कहा–"पहचानते हैं, हम अपने सेनापति को पहचानते हैं।"

जीवानंद–बोलो–हरे मुरारे!

जंगल का कोना-कोना कांप उठा, प्रतिध्वनित हुआ–"हरे मुरारे!"

जीवानंद–वीरो! टीले के उस पार शत्रु हैं। आज ही इस स्तूप के ऊपर, विमल चांदनी में संतानों का महारण होगा। जल्दी चढ़ो। जो पहले चढ़ेगा, उसी की जीत होगी। बोलो–वंदेमातरम्!"

फिर प्रतिध्वनि हुई–"वंदेमातरम्!"

धीरे-धीरे संतान सेना उन्नत शिखर पर चढ़ने लगी, किंतु उन लोगों ने सहसा देखा कि महेंद्र बड़ी ही तेजी से उतरे चले आ रहे हैं। उतरते हुए महेंद्र ने महानिनाद किया। देखते-ही-देखते उन्नत शिखर पर नीलाकाश में अंग्रेजों की तोपें आ लगीं। उच्च स्वर में वैष्णवी सेना ने गाया–

"तुमि विद्या तुमि भक्ति,
तुमि मां बाहुते शक्ति,
त्वं हि प्राणः शरीरे!"

इसी समय अंग्रेजों की तोपें गर्जन कर उठीं–आग उगलने लगीं। उस महानिनाद में गीत की आवाज गायब हो गई। बार-बार 'गुड्डम-गुड्ड' करती हुई अंग्रेजों की तोपें गर्जन कर संतान सेना का नाश करने लगीं। खेत में जैसे फसल काटी जाती है, उसी तरह संतान सेना कटने लगी। वह ऊपर की भयानक मार संतान सेना न सह सकी, तुरंत भाग खड़ी हुई–जिसे जिधर राह मिली, वह उधर ही भागा।

इस पर 'हुर्र-हुर्र' करती हुई ब्रिटिश वाहिनी संतानों का समूल नाश करने के लिए उतरने लगी।

शिक्षित गोरी फौज संगीनें चढ़ाकर, पर्वत से गिरने वाली भयंकर शिला की तरह संतानों को खदेड़ती हुई तीव्र वेग से उतरने लगी।

जीवानंद ने महेंद्र को सामने देखकर कहा–"बस आज अंतिम दिन है। आओ यहीं मरें।"

महेंद्र ने कहा–"मरने से यदि रण-विजय हो, तो कोई हर्ज नहीं, किंतु व्यर्थ प्राण गंवाने से क्या मतलब? व्यर्थ मृत्यु वीर धर्म नहीं है।"

जीवानंद–मैं व्यर्थ ही मरूंगा, लेकिन युद्ध करके मरूंगा।

यह कहकर जीवानंद ने पीछे पलटकर कहा–"भाइयो! भगवान की शपथ लो कि जीवित न लौटेंगे।"

जीवानंद ने घोड़े की पीठ से ही, बहुत पीछे खड़े महेंद्र से कहा–"भाई महेंद्र! नवीनानंद से मुलाकात हो तो कह देना कि परलोक में मुलाकात होगी।"

यह कहकर वह वीरश्रेष्ठ बाएं हाथ में बल्लम आगे किए हुए और दाहिने हाथ से बंदूक चलाते, मुंह से 'हरे मुरारे–हरे मुरारे' कहते हुए तीर की तरह उस बरसती हुई आग को चीरते हुए टीले पर बड़े वेग से आगे बढ़ने लगे। इस तरह महान साहस का परिचय देते हुए और शत्रुक्षय करते हुए जीवानंद अकेले अभिमन्यु की तरह शत्रु-व्यूह में घुसते चले जा रहे थे मानो एक मस्त हाथी कमल-वन को रौंदता चला जाता हो।

भागती हुई संतान सेना को दिखाकर क्रोधित स्वर में महेंद्र ने कहा–"देखो कायरो! भागने वालो–अपने सेनापति का साहस देखो! देखने से जीवानंद मर नहीं सकते।"

संतानों ने पलटकर जीवानंद का अद्‌भुत साहस प्रत्यक्ष देखा। पहले उन सबने देखा, फिर बोले–"स्वामी जीवानंद मरना जानते हैं, तो क्या हम नहीं जानते? चलो जीवानंद के साथ बैकुंठ चले!"

बस, यहीं से रण ने पलटा खाया। संतान सेना पलट पड़ी। पीछे भागने वालों ने देखा कि पलट रहे हैं, तो उन्होंने समझा कि संतानों की विजय हुई है। अत: वे भी तुरंत चल पड़े।

महेंद्र ने देखा कि जीवानंद शत्रुओं की सेना में घुस गए हैं, अब दिखाई नहीं पड़ते। उन्मत्त संतान सेना ने टीले से उतरी हुई अंग्रेज वाहिनी पर प्रचंड आक्रमण किया–अंग्रेजों के पैर उखड़ गए। वे लोग इस आक्रमण को सह न सके, उनकी संगीनें पलटकर भागने की तरफ दिखाई दीं। पीछे चढ़ती हुई संतान सेना उनका विनाश करती जा रही थी। अभी तक भागी हुई संतान सेना बराबर पलटती हुई रणभूमि में बढ़ती जाती थी।

महेंद्र खड़े यह देख रहे थे। सहसा उन्नत शिखर पर संतानों की पताका उड़ती दिखाई दी।

वहां सत्यानंद महाप्रभु, स्वयं चक्रपाणि विष्णु की तरह बाएं हाथ में ध्वजा लिये हुए और दाहिने में रक्त से लाल तलवार लिये खड़े थे। यह देखते ही संतानों में अपूर्व बल आ गया–'हरे मुरारे' का गगन में वह जयनाद हुआ कि वस्तुत: वसुंधरा कांपती हुई नजर आई।

इस समय अंग्रेजी सेना दोनों दलों के बीच में थी–ऊपर प्रभु सत्यानंद ने तोपों पर अधिकार कर लिया था, नीचे से संतान सेना पलटकर चढ़ती हुई भीषण प्रहार कर रही थी।

महेंद्र ने देखा कि ऊपर से 'वंदेमातरम्' का निनाद करते हुए सत्यानंद, अवशिष्ट ब्रिटिश वाहिनी के नाश के लिए उतरे।

महेंद्र ने इधर से बची हुई सेना लेकर संतानों को साहस दिलाते हुए भयंकर आक्रमण कर दिया।

मध्य टीले पर भयंकर युद्ध हुआ। अंग्रेज चक्की के दो पाटों में फंसे चने की तरह पिसने लगे। थोड़ी ही देर में एक भी ब्रिटिश सैनिक खड़ा न दिखाई दिया। धरती लाल हो गई–रक्त की नदी बह गई। वहां ऐसा भी कोई न बचा, जो वारेन हेस्टिंग्स के पास खबर ले जाता।

पूर्णिमा की रात है। यह भीषण रणक्षेत्र इस समय स्थिर है। वह घोड़ों की टाप की आवाज, बंदूकों की गरज और गोलों की वर्षा गायब हो गई है। न कोई हुर्रे करता है, न कोई हरे मुरारे। आवाज आती है, तो केवल कुत्तों और सियारों की। रह-रहकर घायलों का क्रंदन सुनाई पड़ता है। किसी का पैर कटा है, किसी का हाथ कटा है, किसी का पंजर घायल हुआ है। कोई राम को पुकारता है, कोई गॉड को। कोई पानी मांगता है, कोई मृत्यु का आह्वान करता है।

उस चांदनी रात में शस्य श्यामल भूमि लाल वसन पहनकर भयानक हो गई थी। किसकी हिम्मत थी कि वहां जाता?

साहस तो किसी का नहीं है, लेकिन उस निस्तब्ध भयंकर रात में भी एक रमणी उस अगम्य रणक्षेत्र में विचरण कर रही है। वह एक मशाल लिये रणक्षेत्र में किसी को खोज रही है–हरेक शव का मुंह रोशनी में देखकर दूसरे के पास चली जाती है। कहीं कोई मृत देह अश्व के नीचे पड़ी है, तो वहीं मुश्किल से मशाल रख, दोनों हाथों से अश्व को हटाकर शव देखती और हताश हो आगे बढ़ जाती है।

रमणी जिसे खोज रही थी, बहुत प्रयत्न करने पर भी उसे न पाया। अब वह

मशाल छोड़, रक्तमय जमीन पर पछाड़ खा गिरकर रोने लगी। यह शांति है, वीर जीवानंद के शव को खोज रही है।

शांति जिस समय जमीन पर गिरकर रो रही थी, उसी समय उसे एक मधुर करुण शब्द सुनाई पड़ा–"उठो बेटी! रोओ नहीं।"

शांति ने सिर उठाकर देखा, चांदनी रात में सामने एक जटाजूटधारी विराट महापुरुष खड़े हैं।

शांति उठकर खड़ी हो गई!

विराट महापुरुष ने कहा–"रोओ नहीं बेटी! मेरे साथ आओ।" यह कहकर वे महापुरुष शांति को रणक्षेत्र के मध्य में ले गए। वहां शवों का एक स्तूप लगा हुआ था। शांति उसे हटा न सकी थी। उस महापुरुष ने स्वयं शवों को हटाकर एक शव बाहर निकाला। शांति ने पहचाना–वह जीवानंद की देह थी। सर्वांग क्षत-विक्षत रुधिर से सने हुए थे। शांति सामान्य स्त्री की तरह जोरों से रो पड़ी।

महापुरुष ने फिर कहा–"रोओ नहीं बेटी! क्या जीवानंद मर गए हैं? शांत होकर उनका शरीर देखो, नाडी की परीक्षा करो!"

शांति ने शव की नाड़ी देखी, नाड़ी का पता न था।

वे बोले–"छाती पर हाथ रखकर देखो।"

शांति ने छाती पर हाथ रखकर सावधानी के साथ देखा, हृदय गतिहीन, बिलकुल ठंडा था!

महापुरुष ने फिर कहा–"नाक पर हाथ रखकर देखो, क्या कुछ भी श्वास नहीं है?"

शांति ने देखा, किंतु हताश हो गई।

महापुरुष ने फिर कहा–"मुंह में उंगली डालकर देखो, क्या कुछ गरमी मालूम पड़ती है?"

आशामुग्धा शांति ने वह भी किया, फिर निराश होकर बोली–"मुझे कुछ पता नहीं लगता है।"

महापुरुष ने बायां हाथ शव पर रखकर कहा–"बेटी, तुम घबरा गई हो। देखो अभी देह में हल्की गरमी है!"

अब शांति ने फिर नाड़ी देखी–देखा कि मंद, अतिमंद गति है। विस्मित होकर उसने छाती पर हाथ रखा–मृदु धड़कन है। नाक पर हाथ रखकर देखा–हल्की सांस है।

शांति ने विस्मित होकर पूछा—"क्या वास्तव में शरीर में प्राण थे या फिर से आ गए हैं?"

महापुरुष ने कहा—"भला ऐसा कभी हुआ है बेटी! तुम इन्हें उठाकर तालाब के किनारे तक लेकर चल सकोगी? मैं चिकित्सक हूं, इनकी कुछ चिकित्सा करूंगा।"

शांति जीवानंद को तालाब पर ले जाकर घाव धोने लगी। इसी समय उन महापुरुष ने लता आदि का प्रलेप लाकर घावों पर लगा दिया। इसके बाद वे जीवानंद का शरीर सहलाने लगे।

अब धीरे-धीरे जीवानंद के श्वास-प्रश्वास तेज होने लगे और कुछ ही क्षण में वे उठ बैठे। शांति के मुंह की तरफ देखकर उन्होंने पूछा—"युद्ध में किसकी विजय हुई?"

शांति ने कहा—"तुम्हारी विजय इन महात्मा को प्रणाम करो—इनकी कृपा से ही तुम्हें प्राणदान मिला है।"

अब दोनों ने देखा कि वहां कोई नहीं है, किसे प्रणाम करें!

समीप ही संतान सेना का विजयोल्लास सुनाई पड़ रहा था, लेकिन शांति या जीवानंद में से कोई भी न उठा।

दोनों विमल ज्योत्स्ना में पुष्करिणी के तट पर बैठे रहे। जीवानंद का शरीर अद्‌भुत औषध बल से जल्द ही ठीक हो गया।

जीवानंद ने कहा—"शांति! चिकित्सक की दवा में गुण है। अब मेरे शरीर में जरा भी पीड़ा या कष्ट नहीं है। बोलो, अब कहां चलें, संतान सेना का जयोल्लास सुनाई पड़ रहा है!"

शांति बोली—"अब वहां नहीं। माता का कार्योद्धार हो गया है। अब यह देश संतानों का है। अब वहां क्या करने चलें?"

जीवानंद—जो राज्य छीना है उसकी बाहुबल से रक्षा तो करनी ही होगी।

शांति—रक्षा के लिए महेंद्र है। तुमने प्रायश्चित्त कर संतान-धर्म के लिए प्राण-त्याग कर दिया था। अब पुनः प्राप्त इस जीवन पर संतानों का अधिकार नहीं है। हम लोग संतानों के लिए मर चुके हैं। अब हमें देखकर संतान लोग कह सकते हैं कि प्रायश्चित्त के भय से ये लोग छिप गए थे। अब विजय होने पर प्रकट हो गए हैं—राज्य-भाग लेने आए हैं।"

जीवानंद—यह क्या शांति? लोगों के अपवाद-भय से अपने कर्तव्य का परित्याग कर दें। मेरा कार्य मातृ सेवा है। दूसरा चाहे जो कहे, मैं मातृ-सेवा अवश्य करूंगा।"

शांति–अब तुम्हें इसका अधिकार नहीं है, क्योंकि तुमने मातृ-सेवा के लिए अपना जीवन उत्सर्ग कर दिया। अब यदि सेवा करोगे, तो तुमने उत्सर्ग क्या किया? मातृ-सेवा से वंचित होना ही प्रधान प्रायश्चित्त है, अन्यथा जीवन त्याग देना क्या कोई बड़ा काम है?

जीवानंद–शांति! तुमने ठीक समझा, लेकिन मैं अपने प्रायश्चित्त को अधूरा न रखूंगा। मेरा सुख संतान धर्म में है, लेकिन कहां जाऊंगा? मातृ-सेवा त्यागकर घर जाने में क्या सुख मिलेगा?

शांति–यह तो मैं नहीं कहती हूं। हम लोग अब गृहस्थ नहीं हैं। हम दोनों ही संन्यासी रहेंगे–फिर ब्रह्मचर्य का पालन करेंगे। चलो, हम लोग देश-पर्यटन कर देव-दर्शन करें।

जीवानंद–इसके बाद?

शांति–इसके बाद हिमालय पर कुटी का निर्माण कर हम दोनों ही देवाराधना करेंगे, जिससे माता का मंगल हो, यही वर मांगेगे।

इसके बाद दोनों ही उठकर हाथ में हाथ दे, ज्योत्स्नामयी रात्रि में अंतर्हित हो गए।

हाय मां! क्या फिर जीवानंद सदृश पुत्र और शांति जैसी कन्या तुम्हारे गर्भ में आएंगे?

5

सत्यानंद स्वामी रणक्षेत्र में किसी से कुछ न कहकर आनंदमठ में लौट आए। वहां वे गहन रात्रि में विष्णु-मंडप में बैठकर ध्यानमग्न हो गए।

जीवानंद की चिकित्सा करने वाले महात्मा इसी समय विष्णु-मंडप में आ पहुंचे। उन्होंने सत्यानंद को दर्शन दिए तो सत्यानंद ने आसन से उठकर उन्हें प्रणाम किया।

चिकित्सक बोले–"सत्यानंद! आज माघी पूर्णिमा है।"

सत्यानंद विनीत स्वर में बोले–"चलिए, मैं तैयार हूं, किंतु महात्मन्! मेरे एक संदेह को दूर कीजिए। मैंने क्या इसीलिए युद्धजय कर संतान धर्म की पताका फहराई थी?"

महात्मा ने कहा–"तुम्हारा कार्य सिद्ध हो गया। अब यवन राज्य का ध्वंस हो चुका। इसी कारण अब यहां तुम्हारी कोई जरूरत नहीं, निरर्थक प्राणहत्या की आवश्यकता नहीं!"

सत्यानंद ने गंभीर स्वर में कहा–"महात्मन्! यवन राज्य का ध्वंस अवश्य हुआ है, किंतु अभी हिंदू राज्य स्थापित नहीं हुआ है। अभी भी कलकत्ता में अंग्रेज प्रबल हैं।"

महात्मा बोले–"अभी हिंदू राज्य स्थापित न होगा। तुम्हारे रहने से निरर्थक प्राणी-हत्या होगी, अतएव चलो!"

यह सुनकर सत्यानंद तीव्र मर्म-पीड़ा से कातर हो उठे, फिर बोले–"प्रभो! यदि हिंदू राज्य स्थापित न होगा, तो किसका राज्य होगा? क्या फिर यवन राज्य होगा?"

उन्होंने कहा–"नहीं, अब अंग्रेज राज्य होगा।"

सत्यानंद की दोनों आंखों से जलधारा बहने लगी।

जननी-जन्मभूमि की प्रतिमा की तरफ देखकर हाथ जोड़ते हुए सत्यानंद ने करुण स्वर में कहा–"हाय माता! तुम्हारा उद्धार न कर सका। तू फिर म्लेच्छों के हाथों में पड़ेगी। संतानों के अपराध को क्षमा कर दो मां! रणक्षेत्र में मेरी मृत्यु क्यों न हो गई?"

महात्मा ने कहा–"सत्यानंद! कातर न हो। तुमने बुद्धि-विभ्रम से दस्युवृत्ति द्वारा धन-संचय कर रण में विजय पाई है। पाप का कभी पवित्र फल नहीं होता। अतएव तुम लोग देश-उद्धार नहीं कर सकोगे और अब जो कुछ होगा, अच्छा होगा। अंग्रेजों के बिना राजा हुए सनातन धर्म का उद्धार नहीं हो सकेगा। महापुरुषों ने जिस प्रकार समझाया है, मैं उसी प्रकार समझाता हूं–ध्यान देकर सुनो! तैंतीस कोटि देवताओं का पूजन सनातन धर्म नहीं है। वह एक तरह का लौकिक निकृष्ट धर्म, म्लेच्छ जिसे हिंदू धर्म कहते हैं, लुप्त हो गया। वास्तव में यह हिंदू धर्म ज्ञानात्मक-कार्यात्मक नहीं था। जो अंतर्विषयक ज्ञान है–वही सनातन धर्म का प्रधान अंग है, लेकिन बिना पहले बहिर्विषयक ज्ञान हुए, अंतर्विषयक ज्ञान असंभव

है। स्थूल देखे बिना सूक्ष्म की पहचान ही नहीं हो सकती। बहुत दिनों से इस देश में बहिर्विषयक ज्ञान लुप्त हो चुका है, इसीलिए वास्तविक सनातन धर्म का भी लोप हो गया है। सनातन धर्म के उद्धार के लिए पहले बहिर्विषयक ज्ञान-प्रचार की आवश्यकता है। इस देश में इस समय वह बहिर्विषयक ज्ञान नहीं है—इसे सिखाने वाला भी कोई नहीं, अतएव बाहरी देशों से बहिर्विषयक ज्ञान भारत में फिर लाना पड़ेगा। अंग्रेज उस ज्ञान के प्रकांड पंडित हैं—लोक-शिक्षा में बड़े पटु हैं। अत: अंग्रेजों के ही राजा होने से, अंग्रेजों की शिक्षा से स्वत: वह ज्ञान उत्पन्न होगा! जब तक उस ज्ञान से हिंदू ज्ञानवान, गुणवान और बलवान न होंगे, अंग्रेज राज्य रहेगा। उस राज्य में प्रजा सुखी होगी, निष्कंटक धर्माचरण होंगे। अंग्रेजों से बिना युद्ध किए ही, निरस्त्र होकर मेरे साथ चलो!"

सत्यानंद ने निराश भाव से महापुरुष की ओर देखकर कहा—"महात्मन्! यदि ऐसा ही था—अंग्रेजों को ही राजा बनाना था, तो हम लोगों को इस कार्य में प्रवृत्त करने की क्या आवश्यकता थी?"

महापुरुष ने कहा—"अंग्रेज उस समय बनिया थे—अर्थ संग्रह में ही उनका ध्यान था। अब संतानों के कारण ही वे राज्य-शासन हाथ में लेंगे, क्योंकि बिना राजत्व किए अर्थ-संग्रह नहीं हो सकता। अंग्रेज राजदंड ले, इसलिए संतानों का विद्रोह हुआ है। अब आओ, स्वयं ज्ञानलाभ कर दिव्य चक्षुओं से सब देखो, समझो!"

सत्यानंद बोले—"हे महात्मा! मैं ज्ञान-लाभ की आकांक्षा नहीं रखता—ज्ञान की मुझे आवश्यकता नहीं। मैंने जो व्रत लिया है, उसी का पालन करूंगा। आशीर्वाद दीजिए कि मेरी मातृभक्ति अचल हो!"

महापुरुष ने गहन गंभीर स्वर में कहा—" सत्यानंद! व्रत सफल हो गया—तुमने माता का मंगल-साधन किया—अंग्रेज राज्य तुम्हीं लोगों द्वारा स्थापित समझो! युद्ध-विग्रह का त्याग करो—कृषि में नियुक्त हो, जिससे पृथ्वी शस्यशालिनी हो, लोगों की श्रीवृद्धि हो।"

सत्यानंद की आंखों से आंसू निकलने लगे, बोले—"माता को शत्रु-रक्त से शस्यशालिनी करूं?"

महापुरुष समझाते हुए बोले—"शत्रु कौन है? शत्रु अब कोई नहीं। अंग्रेज हमारे मित्र हैं, फिर अंग्रेजों से युद्ध कर अंत में विजयी हो—ऐसी अभी किसी की शक्ति नहीं?"

सत्यानंद–न रहे, यहीं माता के सामने मैं अपना बलिदान चढ़ा दूंगा।

महापुरुष–अज्ञानवश! चलो, पहले ज्ञान-लाभ करो। हिमालय-शिखर पर मातृ-मंदिर है, वहीं तुम्हें माता की मूर्ति प्रत्यक्ष होगी।

यह कहकर महापुरुष ने सत्यानंद का हाथ पकड़ लिया। कैसी अपूर्व शोभा थी! उस गंभीर निस्तब्ध रात्रि में विराट चतुर्भुज विष्णु-प्रतिमा के सामने दोनों महापुरुष हाथ पकड़े खड़े थे। किसको किसने पकड़ा है? ज्ञान ने भक्ति का हाथ पकड़ा है, धर्म के हाथ में कर्म का हाथ है, विसर्जन ने प्रतिष्ठा का हाथ पकड़ा है।

सत्यानंद ही शांति है–महापुरुष ही कल्याण है–सत्यानंद प्रतिष्ठा है–महापुरुष विसर्जन है।

विसर्जन ने आकर प्रतिष्ठा को साथ ले लिया।

LIST OF TITLES WITH ISBN NO.

ISBN	TITLE
9788194914129	1984
9789390575220	1984 & Animal Farm (2In1)
9789390575572	1984 & Animal Farm (2In1): The International Best-Selling Classics
9789390575848	35 Sonnets
9789390575329	A Clergyman's Daughter
9789390575923	A Study In Scarlet
9789390896097	A Tale Of Two Cities
9789390896837	Abide in Christ
9789390896202	Abraham Lincoln
9789390896912	Absolute Surrender
9789390896608	African American Classic Collection
9789390575305	Aldous Huxley: The Collected Works
9789390896141	An Autobiography of M. K. Gandhi
9789390575886	Animal Farm
9789390575619	Animal Farm & The Great Gatsby (2In1)
9789390575626	Animal Farm & We
9789390896158	Anna Karenina
9789390575534	Antic Hay
9789390896165	Antony & Cleopatra
9789390896172	As I Lay Dying
9789390896226	As You like it
9789390575671	At Your Command
9789390575350	Awakened Imagination
9789390575114	Be What You Wish
9789390896233	Believe In yourself
9789390896998	Best of Charles Darwin: The Origin of Species & Autobiography
9789390896684	Best Of Horror : Dracula And Frankenstein
9789390575503	Best Of Mark Twain (The Adventures of Tom Sawyer AND The Adventures of Huckleberry Finn)
9789390896769	Black History Collection
9789390575756	Brave New World, Animal Farm & 1984 (3in1)

9789390896240	Brother Karamzov
9789390575053	Bulleh Shah Poetry
9789390575725	Burmese Days
9789390896257	Bushido
9789390896066	Can't Hurt Me
9788194914112	Chanakya Neeti: With The Complete Sutras
9789390896042	Crime and Punishment
9789390575527	Crome Yellow
9789390575046	Down and Out in Paris and London
9789390896844	Dracula
9789390575442	Emersons Essays: The Complete First & Second Series (Self-Reliance & Other Essays)
9789390575749	Emma
9789390575817	Essential Tozer Collection - The Pursuit of God & The Purpose of Man
9789390896578	Fascism What It Is and How to Fight It
9789390575688	Feeling is the Secret
9789390575190	Five Lessons
9789390575954	Frankenstein
9789390575237	Franz Kafka: Collected Works
9789390575282	Franz Kafka: Short Stories
9789390575060	George Orwell Collected Works
9789390575077	George Orwell Essays
9789390575213	George Orwell Poems
9788194914150	Greatest Poetry Ever Written Vol 1
9788194914143	Greatest Poetry Ever Written Vol 1
9789390896301	Gulliver's Travel
9789390575961	Gunaho Ka Devta
9789390575893	H. P. Lovecraft Selected Stories Vol 1
9789390575978	H. P. Lovecraft Selected Stories Vol 2
9789390896059	Hamlet
9789390575022	His Last Bow: Some Reminiscences of Sherlock Holmes
9789390896134	History of Western Philosophy
9789390575121	Homage To Catalonia

9789390896219	How to develop self-confidence and Improve public Speaking
9789390896295	How to enjoy your life and your Job
9789390575633	How to own your own mind
9789390896318	How to read Human Nature
9789390896325	How to sell your way through the life
9789390896370	How to use the laws of mind
9789390896387	How to use the power of prayer
9789390896028	How to win friends & Influence People
9788194824176	How To Win Friends and Influence People
9789390896103	Humility The Beauty of Holiness
9789390896653	Imperialism the Highest Stage of Capitalism
9789390575084	In Our Time
9789390575169	In Our Time & Three Stories and Ten poems
9789390575145	James Allen: The Collected Works
9789390896189	Jesus Himself
9789390575480	Jo's Boys
9789390896394	Julius Caesar
9789390575404	Keep the Aspidistra Flying
9789390896400	Kidnapped
9789390896424	King Lear
9789390575824	Lady Susan
9789390896455	Law of Success
9789390896264	Lincoln The Unknown
9789390575565	Little Men
9789390575640	Little Women
9788194914174	Lost Horizon
9789390896462	Macbeth
9789390896929	Man Eaters of Kumaon
9789390896523	Man The Dwelling Place of God
9789390896349	Man The Dwelling Place of God
9789390575909	Mansfield Park
9788194914136	Manto Ki 25 Sarvshreshth Kahaniya
9789390896509	Marxism, Anarchism, Communism
9789390575664	Mathematical Principles of Natural Philosophy

9788194914198	Meditations
9789390575800	Mein Kampf
9789390575794	Memory How To Develop, Train, And Use It
9789390896486	Mind Power
9789390896585	Money
9789390575039	Mortal Coils
9789390575770	My Life and Work
9789390896035	Narrative of the Life of Frederick Douglass
9789390575152	Neville Goddard: The Collected Works
9789390575985	Northanger Abbey
9789390896530	Notes From Underground
9789390896547	Oliver Twist
9789390575459	On War
9789390575541	One, None and a Hundred Thousand
9789390896554	Othelo
9789390575435	Out Of This World
9789390575015	Persuasion
9789390575510	Prayer The Art Of Believing
9789390575091	Pride and Prejudice
9789390896561	Psychic Perception
9789390575381	Rabindranath Tagore - 5 Best Short Stories Vol 2
9789390575367	Rabindranath Tagore - Short Stories (Masters Collections Including The Childs Return)
9789390575374	Rabindranath Tagore 5 Best Short Stories Vol 1 (Including The Childs Return
9789390896622	Romeo & Juliet
9789390896127	Sanatana Dharma
9789390575596	Seedtime & Harvest
9789390896639	Selected Stories of Guy De Maupassant
9789390575206	Self-Reliance & Other Essays
9789390575176	Sense and Sensibility
9789390575299	Shyamchi Aai
9789390896738	Socialism Utopian and Scientific
9789390896646	Success Through a Positive Mental Attitude
9789390575428	The Adventures of Huckleberry Finn

9789390575183	The Adventures of Sherlock Holmes
9789390575343	The Adventures of Tom Sawyer
9789390896691	The Alchemy Of Happiness
9789390575862	The Art Of Public Speaking
9789390896288	The Autobiography Of Charles Darwin
9788194914181	The Best of Franz Kafka: The Metamorphosis & The Trial
9789390575008	The Call Of Cthulhu and Other Weird Tales
9789390575107	The Case-Book of Sherlock Holmes
9789390896110	The Castle Of Otranto
9789390896745	The Communist Manifesto
9789390575589	The Complete Fiction of H. P. Lovecraft
9789390575497	The Complete Works of Florence Scovel Shinn
9789390896820	The Conquest of Breard
9789390896813	The Diary of a Young Girl
9789390896332	The Diary of a Young Girl The Definitive Edition of the Worlds Most Famous Diary
9789390575701	The Great Gatsby, Animal Farm & 1984 (3In1)
9789390575312	The Greatest Works Of George Orwell (5 Books) Including 1984 & Non-Fiction
9789390575992	The Hound of Baskervilles
9789390896707	The Idiot
9789390896714	The Invisible Man
9789390575657	The Knowledge of the holy
9789390575558	The Law & the Promise
9789390896721	The Law Of Attraction
9789390896776	The Leader in you
9789390896363	The Life of Christ
9789390896196	The Man-Eating Leopard of Rudraprayag
9789390896783	The Master Key to Riches
9789390575268	The Memoirs Of Sherlock Holmes
9789390896479	The Midsummer Night's Dream
9789390575466	The Mill On The Floss
9789390896790	The Miracles of your mind
9789390896660	The Mutual Aid A Factor in Evolution
9789390896448	The Origin of Species

9789390896905	The Peter Kropotkin Anthology The Conquest of Bread & Mutual Aid A Factor of Evolution
9789390896806	The Picture of Dorian Gray
9789390896271	The Picture of Dorian Gray
9789390575275	The Power Of Awareness
9789390896356	The Power of Concentration
9788194824169	The Power of Positive Thinking
9789390575411	The Power of the Spoken Word
9788194914105	The Power Of Your Subconscious Mind
9789390896899	The Power of Your Subconscious Mind
9789390896417	The Principles of Communism
9789390575787	The Psychology Of Mans Possible Evolution
9789390896615	The Psychology of Salesmanship
9789390575732	The Pursuit of God
9789390575398	The Pursuit of Happiness
9789390896851	The Quick and Easy Way to effective Speaking
9789390575947	The Return Of Sherlock Holmes
9789390575138	The Road To Wigan Pier
9789390896981	The Root of the Righteous
9789390575855	The Science Of Being Well
9788194914167	The Science Of Getting Rich, The Science Of Being Great & The Science Of Being Well (3In1)
9789390896011	The Screwtape Letters
9789390896073	The Screwtape Letters
9789390575336	The Secret Door to Success
9789390575695	The Secret Of Imagining
9789390896868	The Secret Of Success
9789390896431	The Seven Last Words
9789390575930	The Sign of the Four
9789390896004	The Sonnets
9789390896516	The Souls of Black Folk
9789390896875	The Sound and The Fury
9789390575244	The State and Revolution
9789390896882	The Story of My Life
9789390896936	The Story Of Oriental Philosophy

9789390896752	The Strange Case of Dr. Jekyll and Mr. Hyde
9789390896943	The Tempest
9789390575916	The Valley Of Fear
9789390575879	The Wind in the willows
9789390896080	The Wind in the willows
9789390575763	Their eyes were watching gofd
9789390575831	Three Stories
9789390896950	Twelfth Night
9789390896592	Twelve Years a Slave
9789390896677	Up from Slavery
9789390896974	Value Price and Profit
9789390896967	Wake Up and Live
9789390896493	With Christ in the School of Prayer
9789390575602	Your Faith is Your Fortune
9789390575473	Your Infinite Power To Be Rich
9789390575251	Your Word is Your Wand
9789390575718	Youth
9789391316099	A Christmas Carol
9789391316105	A Dolls House
9789391316501	A Passage to India
9789391316709	A Portrait of the Artist as a Young Man
9789391316112	A Tale of Two Cities
9789391316747	A Tear and a Smile
9789391316167	Agnes Gray
9789391316174	Alices Adventures in Wonderland
9789391316136	Anandamath
9789391316181	Anne Of Green Gables
9789391316754	Anthem
9789391316198	Around The World in 80 Days
9789391316013	As A Man Thinketh
9789391316242	Autobiography of a Yogi
9789391316266	Beyond Good and Evil
9789391316761	Bleak House
9789391316778	Chitra, a Play in One Act
9789391316310	David Copperfield

9789391316075	Demian
9789391316785	Dubliners
9789391316051	Favourite Tales from the Arabian Nights
9789391316235	Gitanjali
9789391316068	Gravity
9789391316150	Great Speeches of Abraham Lincoln
9789391316662	Guerilla Warfare
9789391316839	Kim
9789391316822	Mother
9789391316211	My Childhood
9789391316846	Nationalism
9789391316327	Oliver Twist
9789391316853	Pygmalion
9789391316334	Relativity: The Special and the General Theory
9789391316389	Scientific Healing Affirmation
9789391316341	Sons and Lovers
9789391316587	Tales from India
9789391316372	Tess of The D'Urbervilles
9789391316396	The Awakening and Selected Stories
9789391316402	The Bhagvad Gita
9789391316303	The Book of Enoch
9789391316228	The Canterville Ghost
9789391316907	The Dynamic Laws of Prosperity
9789391316006	The Great Gatsby
9789391316860	The Hungry Stones and Other Stories
9789391316433	The Idiot
9789391316440	The Importance of Being Earnest
9789391316297	The Light of Asia
9789391316914	The Madman His Parables and Poems
9789391316457	The Odyssey
9789391316921	The Picture of Dorian Gray
9789391316464	The Prince
9789391316938	The Prophet
9789391316945	The Republic
9789391316518	The Scarlet Letter

9789391316143	The Seven Laws of Teaching
9789391316525	The Story of My Experiments with Truth
9789391316532	The Tales of the Mother Goose
9789391316549	The Thirty Nine Steps
9789391316594	The Time Machine
9789391316600	The Turn of the Screw
9789391316983	The Upanishads
9789391316617	The Yellow Wallpaper
9789391316426	The Yoga Sutras of Patanjali
9789391316990	Ulysses
9789391316624	Utopia
9789391316679	Vanity Fair
9789391316020	What Is To Be Done
9789391316686	Within A Budding Grove
9789391316693	Women in Love